U0130410
童年時就如此經過
金鴻
寫於二〇一八
溫哥華

荷里活道
舊貌
廣興書局
KWONG HING BOOK STORE

# 童眼舊香江

陳華英 著

## 畫家簡介：

### 吳金鴻

於香港出生，自幼酷愛書畫，無師自通。中學時期，投稿於星島日報漫畫版及娛樂新聞報，以賺取學費。後蒙娛樂新聞報主編賞識，得以全身投入漫畫行業。隨後轉任特殊學校美術導師，再轉入 TVB 無線電視，負責編寫「歡樂今宵」節目的趣事及趣劇，後升任為助理創作主任，於此崗位工作三十年至退休。之後重拾畫筆，寄情書畫，以此自娛。

# 目錄 Contents

# 序一　一段美麗時光的分享

——阿濃

本書作者陳華英，童年生活在大眾生活普遍不富裕的香港，她在板間房和公屋長大，年紀小小便要當家，可是像當年許多孩子一樣，他們的生活並不貧乏枯燥，吃的、用的、玩的有平民的另一種豐富。而四季變換，節慶連連，都為日子帶來不同的體驗。總的來說，多姿多彩，充滿樂趣。

陳華英是個記憶力極好的人，能把每件事物的細節介紹得清清楚楚，像盆菜的食料分那幾層，打小人的每一個步驟包括禱詞都交代得分明。

陳華英能寫詩和散文，這段回憶中有不少詩意的描寫，像冬夜街頭的小食，養雞的樂趣，女孩和花兒的親近，雨中清脆的木屐聲，都美好動人。

陳華英筆下常帶感情，寫父母姐妹之情，自然動人。對這個城市的愛更是蘊涵全書。

因此這本書一書而兼三書的作用，它是地方誌，從民生的多方面記載了這個城市的風俗習慣和面貌。一些事物消失了，如荔園，如木屐，如穿膠花；一些事物仍保存，如盆菜，如工展會，如打小人。

這本書是文字清新流暢、兼備詩意的散文佳作，可為學生寫作的範本。

這本書有幾節記敘了一個少女的生活史，是兒童文學中的「生活故事」類別，現代讀者會覺得既陌生又親切。不同年齡層的讀者會有不同感受，同時代的人會引起許許多多的回憶。

最後要稱讚的是本書吳金鴻的插圖，那強烈、有趣、生動、活潑的本土風格為本書作了最佳配合。

這麼好的書怎能錯過？

# 序二

——梁麗芳

離開一個從孩童時代就熟悉的地方，到另一個國度去生活，無形中，是為自己留下一個獨特的記憶。這個屬於原居地的記憶，既遙遠又親近，既熟悉又逐漸變得模糊，但是，無論如何，凡是經歷過的，都會留下或深或淺的印象。雖然有些記憶不能與目前的生活連貫起來，但有些東西的顏色、氣味、形狀、聲音、功能，有些街頭活動、衣服美食、歡樂節慶和民生狀況，依然能夠觸動心靈。

本書的作者陳華英，就以驚人的觀察力與記憶力，巨細無遺地，把她在香港成長中的所見所聞，加上個人的經歷，為香港繪製了一幅詳細的畫卷。我在做研究的時候，曾經參考過宋代張擇端的《清明上河圖》與孟元老的《東京夢華錄》，從而知道了汴京（今開封）的城市風貌與民眾的生活，如今陳華英這本書所提供的詳細圖像，也具有這樣的作用。日後有人研究香港，這本書提供的資料，是相當可貴的。

我與華英都是孩童時候從廣東來到香港的。我拜讀了這本書稿，才發現原來有一段時間，我們居住的地方，只有十來分鐘的步行距離！我們曾經在同一個時間與空間，各自成長，甚至可能同坐過一輛公共巴士！小時候，我們同樣在街上圍觀過耍猴戲的藝人，同樣看過賣飛機欖的小販把橄欖拋上數層樓高的窗口，然後接著拋下來的鈔票的情景。我們都喜歡在街頭巷尾玩耍，跳橡筋繩，打波子與拍公仔紙。每年四月至十月，我們都同樣經歷過滂沱大雨與颱風，也一樣不知好歹地很高興學校的停課；我們都對街上的大排檔有好感，喜歡吃便宜美味的麵食；我們都期待上茶樓，吃蝦餃燒賣與各式點心。冬天，我們都去工展會，觀看各式各樣的貨品。就讀小學的時候，我們都為學校舉辦旅行活動而興高采烈，雖然那個時候去的只是獅子山那邊的沙田！

當香港迅速成為世界輕工業製造中心的年代，我們都不約而同地成為製造工業中的一份子，雖然我們年紀還小。華英寫了在密集的市區，因為工業製品加工的大量需求，隨時隨地都可以賺到一點外快。在家裏就可以做釘紐扣、串塑膠花、縫手套、替洋娃娃點睛等等輕活。類似的輕活我也做過。我家住在十五樓，六樓七樓就是這類輕工業批發的地方，乘電梯下去取就可以了。勤儉的祖母，不喜歡閒坐在家裏，經常往樓下取貨上來，督促我們做完功課就幫忙做手作。現在回顧起來，這是一個有效的以身作則，也是充滿活力的香港給我們這代人的勤奮訓練。

陳華英對四周生活觀察入微，著力表現的內容，除了貼身生活之外，對街頭巷尾空間的活動，也為香港留下一筆寶貴的紀錄。例如寫信佬這個行業，早已經消失了；街頭公仔書攤位，也不存在了；「揈衫尾」去睇戲也匿跡。涼茶鋪與藥材鋪仍然存在，但已做了現代化的改裝。香港的居住環境，也是作者著力點之一。從板間房到廉租屋，作者寫自己家人經歷的同時，也刻畫了香港地少人多造成的長期住屋問題。

過去幾十年，香港的風雲變幻，尤其引起海外香港人的關注。歷史在前進，事物在變化。陳華英把她在香港的童年所見所聞所感紀錄下來，為香港的歷史留下了寶貴的紀錄，加上生動活潑的圖片，令這本書讀來更加具趣味性。

**梁麗芳**

加拿大阿爾伯達大學榮休教授、加拿大華裔作家協會創會副會長、現任執行會長

2024 年 5 月 2 日，溫哥華

# 前言

時光像奔流向前的溪河，永不停息，永不回頭。歲月悠悠，作者生命之河也在香港這片土地流淌了大半個世紀，目睹這個動感之都由貧乏走向輝煌，由小漁港變身為一個國際大都會。目睹香港在歲月的長河中，有時順暢流淌，有時碰著大石頭也會激起無數浪花與暗湧。作者在貧困仍不乏歡笑的童年中，見證了五十、六十年代長輩們在動蕩歷史中的掙扎，快樂與憂愁。他們困乏而堅忍，艱辛而拼搏，貧苦而樂天知命，為家庭打造美好的將來耗盡自己每一分力量。他們在艱難的歲月中互助互愛，互相扶持，鑄成了獨特的「獅子山精神」。趁著回憶尚未淡忘，抓著泛黃的光影，把它記下，與曾共渡這段歷史的長者一同追憶，讓未曾經歷這個時代的青少年一同緬懷勤奮建立家園的先輩。

# 第一章　美食

# 一　缽仔糕的滋味

今天的小孩子們，零食真多：有各種味道的糖果、曲奇餅、果仁、蛋糕和雪糕等等，連薯片也有十多種不同的口味。那麼，五十年代的當年，小朋友們吃的又是甚麼？

那時，香港一般的家庭都 十分貧困，賣零食的士多尚未成形，買小吃多是幫襯上街的小販。孩子們耳朵特別靈敏，當叫賣聲由遠而近，我們就知道是誰誰誰來了。

賣「**噹噹糖**」的老伯不用大聲叫賣，他用鑿子敲著白鐵皮盤子就是向小孩子發出一種暗號。聽了這秘密的號召，孩子們就由四方八面蜂擁而出，圍著那白鐵盤子，這個買一角，那個買五分。沒錢買的也噙著口沫圍著看熱鬧。媽媽說噹噹糖製法簡單，只是薑汁加紅糖煮溶後，攪拌均勻，讓它冷卻凝結而成一盤就成。製成之後，它堅硬無比，賣時老伯伯要用槌子、鑿子鑿開，真的，一點兒也沒有誇張！孩子們喜愛它就是因它難以融化，十分耐吃，口中那香甜味兒可以持久。當時，如果你拿一顆名貴香滑的巧克力跟我對換，我也是不肯的，因為那巧克力入口不久就消失了。

拿著竹籬子叫賣的是**白糖糕**和**九層糕**，攤在淺淺的竹籬子上，一黑一白。白糖糕白得晶瑩，九層糕黑得通透。白糖糕爽甜而帶微酸，九層糕爽滑而帶芝麻香。當時，我最喜歡的是九層糕，因為它可以一層一層的揭開，捲成菲林卷般的吃，像現在茶樓裏賣的芝麻卷，又耐吃又好玩。

「芝麻糊！紅豆沙！綠豆沙！」賣糖水的老伯喊聲宏亮。當年賣一碗糖水一角錢，可以「兩溝」，即一半紅豆沙一半綠豆沙，或者一半芝麻糊一半杏仁茶。一碗糖水，兩種滋味，大暑天時，大家喝進嘴裏，甜甜的，清心潤肺。

此外，還有棉花糖。少許砂糖作材料，經機器「蓬蓬蓬」的攪拌，便變魔術似的吐出白白的幼絲，捲呀捲的，慢慢匯聚成一捧雲，買的、趁熱鬧的都看傻了眼。我們最愛捧著那團雲吃著，享受那種黏得滿嘴滿臉的狼狽。

至於缽仔糕，是當年小孩子的至愛。有紅糖和白糖兩種，還加入煮得香稔的紅豆。從木桶裏拿出來，還是熱乎乎的，軟軟的。用長竹簽俐落的一穿便遞給你。入口又嫩又滑又香甜，還有紅豆的清香，又可飽肚，令人滋味難忘。是我當年最喜歡的小吃。

那時，有錢買零食的小孩不多。那麼，不用錢買的零食有沒有？有的有的！收買爛銅爛鐵的「收買佬」來了。吆喝著：「收買爛銅爛鐵！」我們馬上從家中床底下翻出一個空瓶或破罐拿出去，換一支麥芽糖。一團黏黏的透亮的軟糖兒兩旁還夾著兩塊芝麻梳打餅，一口咬下去，鬆脆甜香，真是美味！

# 二　上茶樓和踎大牌檔

玩雀樂
七十年代香港經濟向好民生亦較富裕
養雀之風隨之盛行於清晨每見
雀友手捧雀籠於茶樓雲
集邊嘆其一盅兩件邊大談
雀經與掛於窗旁之一只
籠海及鳥聲喳喳構成一
幅有趣而悠閒畫面亦為香
港增添一分獨特民間色彩

**上茶樓**肯定是五、六十年代小孩子眼中的盛事，一年難得去多少次。如果爸爸帶著一家子去「飲茶」，那天可能是爸爸難得的假期，或者是爺爺嫲嫲生日之類的大日子。

當時我們去的多是油麻地的得雲茶樓和彌敦道的龍鳳茶樓、瓊華茶樓。香港的六國茶樓和陸羽茶樓也曾去過一兩次，六國和陸羽裝璜典雅，古色古香。聽爸爸說那裏價錢很貴，難得有人請客我們才有機會前往。

我們常去的是較平民化的茶樓。一般有地下、二樓和三樓三層。坐在二、三樓臨窗的廂座。一家子安頓好後，伙計便提著一個拭擦得雪亮的大茶煲給我們沖滾水。一盅一盅的沖。熱騰騰的滾水沖下，縷縷茶香隨著水煙四散溢出，真是「水滾茶靚」。爸爸看著我們四個「化骨龍」，要的點心都是實惠飽肚的，如大包、雞包、叉燒包、臘腸卷、糯米卷、馬拉糕之類，蝦餃、燒賣已是極限，絕不會要那名貴而沒質感的魚翅餃。我最愛吃蛋散，又甜又香又

**玩雀樂**

七十年代，香港經濟向好，民生亦較富裕，養雀之風隨之盛行。於清晨，每見愛雀者手捧雀籠，於茶樓雲集，邊嘆其一盅兩件，邊大談雀經，與掛於窗前之一片籠海及鳥聲喳喳，構成一幅有趣而悠閒畫面，亦爲香港增添一分獨特民間色彩。

粉 麵
一盅兩件快活過神仙
金鴻寫於二〇二六

鬆脆。大人們閒話家常，我們小孩子便遊目四顧，看看人們掛在窗前的「雀仔」，聽聽牠們吱吱喳喳的吵得歡，又望望街上的行人來來往往，姿態各異，真是賞心樂事。

跟爸爸媽媽到**大牌檔**去吃東西也是挺高興的事。那時的大牌檔，是一座長方形的亭子，通常是綠色的鐵皮頂。亭子下面便是煮食物的爐灶、鍋子和擺設各種食物的地方。前面有一條長長窄窄的木板凳，凳上還擺著幾張「凳仔」，散客便坐在凳仔上吃東西，難度十分高。小小的我常怕他們從長板凳上的小凳子掉下來，幸運地這些事從來沒發生過，反而他們對著擺在面前那一盆盆香噴噴的食物食指大動，狼吞虎嚥。我們一家人總是穩當的坐在那檔前的小圓桌旁，吃一碗魚蛋粉、牛腩麵或雲吞麵之類。

魚蛋檔前站著「打魚蛋」的大漢。他先把長長的門鱔魚、狗棍魚或者牙帶魚等下價魚去皮拆骨剁碎，然後光著膀子，用粗壯的手臂把魚肉拌勻，撻打至起膠，再擠成一

**茶樓歎茶**

一盅兩件，快活過神仙。

魚蛋粉麵大牌檔
五十年代童年時住處街角有一
潮州魚蛋粉麵大牌檔每見檔
主與伙計以湯匙刮下牙帶魚身
肉然後放進木盆中用手大力打
至成極富彈性之肉團再用湯
匙將魚肉擠成粒狀排列於一圓
形竹盆內隨置於滾水
中煮熟至此魚蛋製
作便告完成魚皮則
用油炸至香脆伴以魚
蛋及粉麵亦吃其
味無窮今之魚蛋
已大多改為機器
製造彈性口感已
不復當年矣
金湯寫於
潮記魚蛋粉麵
潮

粒粒，排在小竹排上，煮熟後便成爽滑彈牙的魚蛋。全是手工製成，不靠機器。到了今天，就很難買到這人工手打的魚蛋了。那些剝下來的魚皮用大油鑊炸至香脆。一碗魚蛋粉，躺著幾粒雪白的魚蛋，幾片金黃的魚片，加上兩塊香脆的炸魚皮，一把翠綠的葱花，味道濃郁的高湯，就擺在我們面前，真是色香味俱全。

**牛雜檔**前是總是「牽腸掛肚」。一串串牛腩、牛肚、牛腸、牛肝、牛肺之類，高高掛起，發出誘人的香氣。你下了指令要甚麼，一陣輕快的剪刀嚓嚓聲之後，一碗頗有份量，堆滿牛雜再配上兩條碧綠青菜的牛雜河粉就送到人客面前，還蒸騰著熱氣。

**雲吞麵**檔通常都有一位斯斯文文的嬸嬸坐在檔前包雲吞做「生招牌」。她面前擺著一碟雲吞皮，一碟鮮蝦肉，一碟剁豬肉混上蛋漿。她手藝純熟，在手心鋪上雲吞皮，

### 魚蛋粉麵大牌檔

五十年代童年時，住處街角有一潮州魚蛋粉面大牌檔。每見檔主及伙計以湯匙刮下牙帶魚肉，然後放進木盆中，用手大力打至成極富彈性之肉團，再用湯匙將魚肉擠成粒狀，排列於一圓型竹盆內，隨置於滾水中煮熟，至此魚蛋製作便告完成。魚皮則用油炸至香脆，伴以魚蛋及粉麵齊吃，其味無窮！今之魚蛋已大多改爲機器製造，彈性及口感，已不復當年矣。

劉貞利造

用匙羹挑點肉、加隻蝦，雙手輕輕揑幾下，就成了隻隻元寶狀的雲吞。坐在旁邊幫襯的人看著，都覺得吃進口裏的雲吞真材實料又新鮮，十分滿足。

註：「化骨龍」是香港人戲稱自己的子女，形容養育他們不易，好像連父母的骨頭也啃了。

# 三　熱蔗！煨番薯！糖炒栗子！

六十年前的香港，冬季的氣溫比現在冷得多。冬夜走在街頭，寒風刺骨，手腳冰冷。不瞞你，半世紀歲月的嬗遞，那氣候的變化，確實令人真真正正感受到地球的暖化。

猶記得那時的冬夜，爸爸冒著寒風，到勞工子弟學校教學。一方面為了照顧那些失學的青少年，一方面也賺取微薄的車馬費幫補家用。年紀幼小的我，也跟著他到夜校去，坐在課室後面，在明亮的燈光下做功課，四周亮堂堂的，比我們居住的板間房吊起的昏黃燈泡好得多。

下課後回家時，寒風料峭，薄薄的毛衣裹不住冰冷的身體，只是瑟縮著快步的走著。那時的香港，除了主要大街是燈火輝煌之外，小街小巷都是燈光黯淡的。走過一段暗黑冷清的街道，一拐彎，樂園就來了。這巷子一片光明，幾個小吃攤子都亮著大光燈，香氣氤氳，水氣濛濛。這邊嚷著：「熱蔗！熱蔗！」那邊嚷著：「煨番薯！煨番薯！」「良鄉栗子！糖炒栗子！」邊旁的一副擔子，竹板敲得震天價響：的的得！的的得！「雲吞麵！雲吞麵！」只有挽著一個大火水罐的老伯叫得蒼涼，拖長了聲音，在寒風中顫抖著：「裹蒸粽……裹蒸粽」

這些小吃攤子，除了雲吞麵擔子，一般的設備都十分簡陋。上面是一個大汽油桶或火水罐，下面是一個打氣火爐或炭爐，外面圍著一塊白鐵皮擋風。熊熊的爐火上烘著他們販賣的食物，蒸騰著陣陣的香氣。他們的小吃都有一個共同的特色，就是「熱」。在這氣溫接近零度的寒冬深夜，有甚麼東西比得上給你「送暖」的吸引呢？

那時的冬天，天氣十分乾燥，舌頭就乾得像塊久懸的抹布。那蒸騰起混著糖香水氣的熱蔗就十分誘人。花五仙買一段，看著小販把甘蔗從熱騰騰的水中撈起，輕快的削去黑色的蔗皮，露出雪白的蔗肉。一口咬下，清甜的蔗汁四溢，一直滋潤到你的五臟六腑。煨蕃薯的攤檔飄出陣陣焦糖的香氣，從鼻孔鑽進你的胃中。爸爸買了兩個小小的，把較大的一個遞給我。我捨不得馬上吃，圈在手中，先溫暖了冰冷僵硬的手指，再撕開皮，掰開兩半，再慢慢享受那甜糯。糖砂炒良鄉栗子的攤檔，大鐵鑊噹啷作響，栗子在鑊中沙沙亂嚷。那些擺在碟上的，肚皮裂開了，在大光燈的照耀下，露出誘人的油亮的金黃。那賣水煮花生的，把煮熟的肥大花生在攤子上高高堆起，散發出一陣陣水蒸氣，爸爸花一角錢買了一把，小販用舊報紙包起，兩父女就美滋滋的，一邊走一邊一粒一粒的吃起來，算起來，水煮花生是最耐吃的。

當然，寒冬美食還有美味可口的雲吞麵和內涵豐富的裹蒸粽，但對於當年貧困的一般家庭，無疑是山珍海錯了。

回想那時候，寒風料峭的黑夜街頭，父親竭力搜索口袋中的一角幾仙，為女兒買點小吃的情景，歷歷如在目前，在刺骨的寒流中帶來一股暖意。

# 四　擺酒、包辦筵席和盆菜

「去飲」是童年時的一件大事。當年能在酒家「擺酒」——設婚宴、壽宴或滿月酒的都是非富即貴，至少也是有餘之家。我們這等窮親戚一年也碰不到多少次「去飲」的機會。一接到請帖，父親就頭痛，為準備賀禮而籌謀。母親則煩惱著穿戴甚麼衣飾赴宴，還要張羅我們幾個小孩穿甚麼服裝方不致「失禮人」。

六十年代，有錢人家辦喜事，可以到酒樓訂筵席，也可以用「**到會**」的方式邀請酒家的名廚到家中辦理。因為他們的居所客廳寬敞，邀請名廚到家中辦酒席更顯氣派。

中等經濟的人家，付不起酒樓的昂貴費用，可以邀請「**包辦筵席**」的店鋪到會，或索性在那些店鋪擺設酒席。包辦筵席的店鋪多做街坊生意，收費比酒樓便宜得多。但是，由於地方所限，到店鋪設席圍數不能多，所以包辦筵席也有「到會」之舉。

當時香港一般人的居往環境十分狹窄（直到現在亦如是），如何解決擺酒的地方問題呢？原來，他們會在居所附近的橫街小巷設席，甚至在居所的天台上「擺幾圍」。那包辦筵席的就在小巷的一端架設布帳和大光燈，在裏邊設灶架鍋，舞刀弄鑊，大展拳腳。一時間菜香四溢，煮出色香味俱全的菜式。而小巷裏則臨時支起一張張四方桌。每桌可坐四至六人，而非十二人的大圓桌。所以坊眾仍有出入的空間，也沒甚麼街坊鄰里投訴你「阻街」的。那時人情味濃厚，彼此十分包容，而且，說不定那天自己也要在這裏擺設喜宴呢。

記得當時包辦筵席「到會」的菜式多是乾煎大蝦、當紅炸子雞、北菇扒鵝掌、京都肉排、清蒸大鯇魚、翡翠炒帶子蝦球、揚州炒飯和乾燒伊麵等等，都是很大眾化的菜餚。

在鄉間，辦喜事的形式多是吃「盆菜」。六十年代的新界還是阡陌縱橫。田基兩旁都是綠油油的菜田，金黃搖曳的稻穗，和顏色繽紛的花田。頭戴黑色布垂竹笠的客家婦女總是彎著腰在田間忙著。（奇怪的是很少見到男士在耕作）那時交通不便，乘車出九龍也要花個大半天。村民很少到城裏或鎮裏辦喜事，多在自家村子祠堂門前的大空地設宴，一起吃盆菜。「晒坪」一邊是爐火烘烘的爐灶，「鑊氣」蒸騰，廚師（多是善烹調的鄉民）在舞刀弄鑊。另一邊廣場正中則擺設了不少四方桌，一桌坐四人。擺的是流水席，一批去了又一批來，除了招呼遠道而來的親友外，其餘都是鄉親父老。

我也曾經跟著爸爸到元朗廈村鄉吃盆菜。上菜的時候，一盆盆熱氣騰騰的盆菜端上來，每桌一盆。菜餚一層層的疊起在盆上，有蘿蔔、豬皮、魚蛋、白切雞、冬菇、海參、鮑魚、燒肉、瑤柱、髮菜等等。一聲「起筷」，喜樂齊奏，鄉親好友，言笑晏晏，杯觥交錯。主人家拿著酒瓶，四處勸酒，新娘新郎被親友們攔著鬥酒。一直鬧到月上中天才帶醉而歸。別有一股親情鄉情的洋溢，好不熱鬧！薰風吹來，有「稻花香裏說豐年」的意境。

那時少不更事，看到那盛菜的銻盆，像極家中的洗臉盆。傻傻的問爸爸：「他們不會用來洗腳的吧？」幾乎捱了爸爸一記耳光。

註：晒坪：鄉間的晒穀場

# 五　街頭小吃

跟著哥哥姐姐到街頭買小吃真是一宗樂事。那些年，香氣四溢，水氣濛濛的小攤子通常都是集中在街頭的一角。

那些小吃攤子通常都是一架長方形的手推車，下面是熊熊的爐火，上面擺放的是一個鐵鍋，或是一個闊大的平底大鑊，或是一格格的長方鍋子。平底鐵鑊上煎的是**釀三寶**：魚肉釀茄子、釀辣椒、釀豆腐，甚至有第四寶——釀香腸。花生油煎炙著食品，追出一種微帶辛辣及肉香的刺激食慾的香氣。顏色也是十分鮮艷的：茄子的紫，甜椒的紅與綠，豆腐的嫩白，加上香腸的大紅，可算是有色有香有味。咬在口中，熱辣辣的，油香四溢，魚肉鮮甜，甜椒爽脆，茄子稔滑，是童年回憶中的天下美食。

分成一格格的是買**車仔麵**的。麵底有油麵、米粉和河粉。每個小格都盛著一款配菜：有蘿蔔、韭菜、豬紅、豬大腸、紅腸、魚蛋、炸魚片、牛腩、牛雜等等，可豐富了。買了一碗，可配兩或三款菜式，又滋味又飽肚。有時媽媽在工廠「加班」工作，沒空回家做飯，就給了點零錢我們上街吃，我們兄妹幾個就圍著車仔麵檔團團轉，要為吃甚麼作出困難的選擇。

我們愛看**賣腸粉**的小販表演魔術：他先在平底鑊上倒

下一勺米漿，然後快手快腳把它掃勻，撒點葱花蝦米，再俐落的把蒸熟成薄片的米粉捲起，就成就了一條潔白爽滑的「豬腸粉」。豪華些的還可以加上牛肉碎、鯇魚片，製成美味的牛肉腸、魚片腸。熱騰騰的，比上茶樓吃到的溫吞吞的腸粉好味多了。攤子一角還擺著甜醬、辣醬、麻醬，還有一瓶炒香了的芝麻。檔主大方得很，只要你買了一碟腸粉，就任由你加多少醬，灑多少芝麻都不干涉。賣的買的都滿心歡喜，我們也喜滋滋的站在小攤子前慢慢品嚐。

也有賣**碗仔翅**的，一小碗一小碗的盛起。裏面是甚麼？肯定不是魚翅，好像有粉絲和肉絲，加上一些獻汁，加點醋再加點古月粉（胡椒粉），就和在酒家吃的魚翅味道相近。還有「魚肉生菜絲」，也是類似的一小碗一小碗的售賣。

最「香」飄數里的是賣「**臭豆腐**」的，他擔著兩個罐子來了。火爐一開，那炸酥的臭豆腐，吸引了不少「逐臭之夫」聞香而來。姐姐最愛吃，買兩塊炸得金黃酥脆的，蘸些甜醬，滿臉笑容的放進口中。

六、七十年代，看戲是宗大事。戲院很大，人流很多，戲院門前的小吃攤子也不少。那時看戲不作興喝可樂、吃爆谷的，那太單調了。你看：賣煨魷魚的，那焦香氣味直襲你的鼻子。那糖炒栗子，露出金黃油亮的肚皮，吸引著你的眼球。那水煮花生肥肥白白的直冒水氣。那利剪斥斥嚓嚓的響，賣的甚麼來著？是賣鹵水墨魚、豬頭肉、鴨腎、牛雜、香腸……，你付一角錢就給你嚓嚓嚓嚓的剪幾片。還有賣咖哩魚蛋的、賣熱蔗的、賣一串串馬蹄的、賣棉花糖的……眾多的小吃，你能不患上「選擇困難症」嗎？

不瞞你：那時我們站在街頭吃小吃，那味道並不弱於你上酒樓吃東西。那熱辣辣、香噴噴的味道，對你視覺、嗅覺、味蕾的刺激，加上點寒風，令你食慾大爆發。就算上戲院時，捧著一捧雲（棉花糖）和拿著一袋爆谷的感覺，你說哪個會浪漫些？

# 第二章　童戲

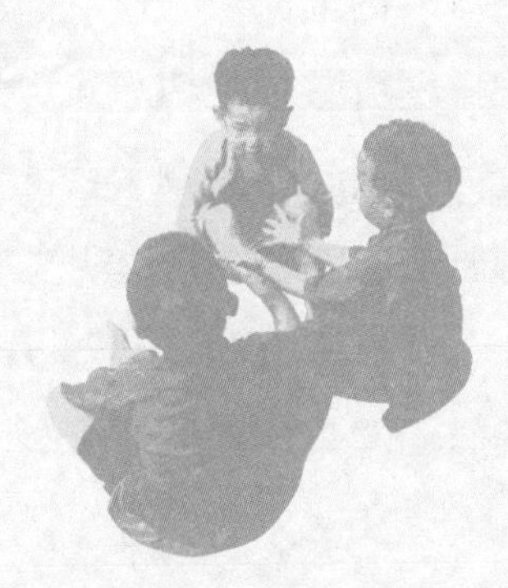

# 六　簡單而快樂的兒戲

五十、六十年代的兒童遊戲，簡單而充滿快樂。

當年我們是怎樣玩耍的呢？雖然沒有錢買玩具，但遊戲的方式也別有姿采，而且玩得盡興玩得開心。

男孩子愛蹲在地上「拍公仔紙」、「彈波子」、「打陀螺」和「跑馬仔」。

「**彈波子**」又叫打波子。玩具是一些圓珠子，最高級的是晶瑩可愛的玻璃珠子，比龍眼小一點，珠子中間還有色彩鮮艷的圖形。玩的時候，把自己的母珠放在地上，用拇指和食指彈出去，射中別人的母珠或射進洞中便算贏了，可以獲取別人的一粒珠子。常勝的小男孩不覺得自己的眼界好，倒說自己的母珠厲害，「好打得」。直到自己的母珠身經百戰，戰績斑斑，傷痕纍纍，由晶瑩通透變成面目模糊也捨不得丟棄。我的哥哥就是這樣的一個神射手，他的母珠已經由通體透明變成雲石一般模糊了。

「**拍公仔紙**」也是男孩子喜愛的。玩的時候對中國傳統歷史文化中的英雄豪傑充滿了想像和崇拜。花幾分錢買一大張印滿了「公仔」的卡紙，上面每一個長方形的小格都印著一個英雄豪傑和他們的名字。如梁山泊一百零八個好漢，桃園三結義的劉關張，孔明、周瑜、趙子龍、文天祥、岳飛等等，都是又「打得」又「正氣」的。小心翼翼地把他們一格一格的剪下疊好，就可以四出征戰了。開戰時，兩個男孩子對坐在地上，把自己最崇拜的英雄好漢放在手心，就和對方對拍，一邊大聲呼喊自己主將的名字，像為他吶喊助陣，一邊用放在自己手心的「公仔紙」向對方的手心拍去。當兩張「公仔紙」掉在地上的時候，公仔那面向上的就算贏，反面的就算輸，被對方沒收。

此外，還有「打陀螺」等。以木頭削成圓錐形，在尖端打一口釘子，把釘磨尖，就成陀螺。用細長的繩子在陀螺上繞圈，圈滿了，用手指把繩子夾緊，向地上一擲一拉，陀螺就在地上轉動，看誰轉得最久就贏了。有時，在地上畫了圈，還可以看到陀螺在圈中進進出出。只要玩得久了，我們就可以把陀螺控制自如。

女孩子蹲在地上玩的，是「抓子」和「煮飯仔」。在山邊或路邊撿拾五顆較平滑的小石塊，就是一套玩具。玩耍時，找一粒石子作為母石。先把母石向上拋，然後急急把地上的石子抓在手中，再返手向上接回母石。玩時要眼明手快，方能把地上的石子逐粒抓到手裏。姐姐心細，用家中的布碎，縫成五個長寸許的小布袋，裝上一些米或豆，就成為自家獨有的一套「抓子」了。

「煮飯仔」是模仿母親在廚房煮飯的遊戲。有錢的可到缸瓦店買一套小型的「砂煲罌罉」玩具，非常精緻可愛。小心翼翼的玩，不要把它打破。我們沒錢買，就用撿拾來

抓布袋
兒时遊戲多簡單而富趣味
其中一種是抓布袋玩法是將
數個內藏沙粒之小布袋隨意
拋於地上然後一
手將另一小布
袋凌空拋起隨
即以快捷動作抓起地上之小
布袋再接回墜下者再另動
作一氣呵成以抓得最多者為
勝如小布袋重疊要設法拈起
面者而不動下面之小布袋分
毫方能作算故雖屬小小遊戲
卻非常講求技巧及動作靈
敏亦不得不佩服原創者之精妙設計也
金鴻

的瓦片、樹葉、紙皮、煙仔罐、小石子等當作爐灶煲碗等廚具，以竹簽當作筷子。假裝洗米煮飯炒菜，大家分工合作。煮好了，大家一起品嚐，扮作吃飯的樣子，把「米飯」放入口中，吃得有滋有味。吃完了，又可重新來一次，大家都玩得興高采烈。

至於男孩子女孩子都乖乖地、鴉雀無聲地、全神貫注地坐在一起的活動，就是坐在矮凳上看「**公仔書**」（連環圖）。租圖書的檔主把一大幅雞皮紙掛在街角的牆上，紙上貼滿了圖書的封面，七彩繽紛。花幾分錢，就可揀幾套心愛的書來看。一毫子大概可租十本「公仔書」。書中的故事大多來自中國的傳統小說或民間故事，如《三國演義》、《水滸傳》、《西遊記》、《鏡花緣》、《紅樓夢》、《七俠五義》、《五鼠鬧京華》、《包公奇案》等等。內頁沒有顏色，卻繪畫得很精美。花幾分錢就可以讓小小的腦袋

### 抓布袋

**兒時遊戲，多簡單而富趣味，其中一種是「抓布袋」，玩法是將數個內藏沙粒之小布袋，隨意拋於地上，然後一手將另一小布袋凌空拋起，隨即以快動作抓起地上之小布袋，再接回墜下者，所有動作一氣呵成！以抓得最多者爲勝。如小布袋重疊，更須拈起上面者，而不動下面小布袋分毫方能作算。故雖屬小小遊戲，卻非常講求技巧及動作靈敏，亦不得不佩服原創者之精妙設計也。**

遨遊於中國古代的幻想世界中，我因此而認識了不少古典文學作品，可算是對中國文學的一點啟蒙。哥哥更是厲害，漫畫看得多了，在家中也學著畫，小學時已畫得一手好漫畫。到升中學時，居然通過爸爸朋友的介紹，為《小朋友》畫冊畫插畫，好像畫的欄目叫「小圓圓」，為家中賺取了一點家用。

那時候，基層的家庭最多，生活貧困，沒有甚麼零吃，吃飯飽肚可是頭等大事。但一群小孩玩起來，投入、忘我，那怕母親從街頭喚到街尾：「牛仔，返來食飯啦！」也喚不回那在遊戲中放飛的小小的心。

# 七　集體遊戲——公民意識的初階

五六十年代的兒童遊戲，很多是男孩女孩一起玩耍的。例如抬花轎、捉匿匿、耍盲雞、麻鷹捉雞仔、丟手巾仔、跳橡筋繩、跳飛機等等。

**抬花轎**：當時女子出嫁都是坐花轎到夫家。沿途敲鑼打鼓，十分熱鬧。我們便模仿這儀式創出「抬花轎」的遊戲。所謂花轎，就是兩個小孩用雙手架設而成的。他們二人對立，伸出左手，右手橫曲在胸前，抓緊自己的左臂彎，對方也是如此。大家左手搭著對方的右臂彎，如此這般就架設成一個井字形的「花轎」。「猜程沉」（石頭剪刀布）贏了的就先坐轎。「花轎」先蹲下，坐轎的小孩把兩腿伸入井字形的兩邊，抬轎的小孩一齊站起，坐轎的小孩便雙腳離地，「花轎」就起行了。抬轎的向指定的地點走去。旁邊的小孩就一起模仿敲鑼打鼓的聲音，唱著：「的打的打旁旁，的打的打旁旁。」到了目的地，大家一齊唱著：「新抱（新娘）跌落床床」，就把坐轎者拋下。坐轎的早有預防，馬上雙腳就地站起。若有卒不及防的跌坐地上，大家便哈哈大笑，然後再輪到別的坐轎者。

**捉匿匿**：放學後，我們通常在居所附近的橫街窄巷玩耍。一群孩子首先「猜程沉」（石頭剪刀布），猜輸了的

童年時就如此經過

就負責捉人。他雙手蒙著眼或伏在牆上，不准偷看。其他小孩四散匿藏。負責捉人的數到十時，就可回頭察看，到處捉人。當匿藏者被發現時，捉人者觸碰到他的身體便算捉到了。匿藏在其他地方的人就可趁機「埋周」（埋周就是奔回剛才捉人者伏著的牆壁）。在被人捉到之前埋了周就算贏了。在玩的時候，有的躲藏，有的奔跑，十分緊張刺激。被捉者就要被罰作下一次的捉人者。遊戲規則很理性，觸碰到別人的身體便算捉到，可避免無謂的掙扎或扭打。當時有人又稱這種遊戲為「水鬼找替身」。

**麻鷹捉雞仔**：我們先找一個較高大的小孩做母雞，一個做麻鷹。其他小孩一個一個箍著腰，躲在母雞背後。麻鷹拼命奔跑，希望走到母雞背後捉小雞，母雞就拼命伸開手臂兩邊走動，護著小雞，阻攔麻鷹的進攻。小雞們緊跟著母雞左右擺動躲避。一攻一守之間，大家全神貫注，非常投入。不知不覺中，大家都會衍生了盡自己的能力去保護弱小的概念。

**丟手巾仔**：丟手巾仔也是當時流行的集體遊戲。大家圍成圓圈，面向圈內，手放背後。一個小孩拿著手帕繞著圈外走，靜悄悄的把手帕丟在某個小孩的背後。若他不察

覺，丟手帕的小朋友再繞到他背後，他就算輸了，要被罰唱歌或扮狗叫。若他察覺了，就會拾起手巾仔去追捕丟手巾仔的人。玩這個遊戲時大家都要十分醒覺，否則就會輸了。

**跳橡筋繩**：橡筋繩是把許多橡皮圈串成一條長約六、七呎的繩子。兩個小孩拿著各站一邊，站在中間的小孩就可以用腳勾著橡筋繩，利用它的彈性跳出各種花式。橡筋繩越舉越高，甚至高越頭頂。那時跳繩的人就要飛身躍上，用腳把繩子勾下來再跳出花式，難度很高。在朦朦朧朧的男女性別的觀念下，若女孩子把男孩子贏了，其他孩子便會高呼「英雄難過美人關」，那個輸了的男孩便沒來由的紅了臉。

在這些不需要甚麼錢買玩具的遊戲中，我們學會了模仿，再加上創意，還學會與其他小朋友的溝通、互動、分享快樂，遵守規則。這些兒戲雖然簡單，但也訂下不少規則，大家一起遵守。若遇到「奸賴」（橫蠻無理，不守遊戲規則）的孩子，我們便不和他玩，這就是「兒童法庭」中最好的懲罰制裁。

小孩子在這樣的集體遊戲氛圍中長大，培養了融洽、溝通，分享、共樂、守法、想像、創意的良好公民質素，也建立了深厚的友情。在現今的社會，孩子們關上門自個兒玩手機，玩電子遊戲，在合群這些方面的培訓顯然是有所欠缺了。

# 八　創意無限的自家製玩具

五、六十年代的小孩，一般家庭都不寬裕。父母都是基層人士，無錢購買玩具給他們，卻激發了他們無限的創意，自家製造出不少玩具來。

一片葉子、一條茅草、一把香雞（神枱燒剩的香腳），可有甚麼用途？

那時的小孩，把葉子摺疊起來，放在唇上，用口吹氣，就可以發出啤啤的聲音，比賽誰吹得響，稱之為「吹啤啤」。幾條長形小草，他們又可以編織出小馬、小羊、小鳥、小狗、草蜢等東西，可以玩「跑馬仔」的遊戲。摘根松針，拔條野草，又可玩「鬥草」，看誰最後折斷。在大榕樹下的土地公公神案前，我姐姐拔一把香雞和拾幾粒榕樹豆，便可編織出無數玩具，如房子、桌椅、小床、花轎等。用完的空火柴盒，還能造出抽屜可以開合的書桌、衣櫃等等。

哥哥跟著男孩子滿山跑，摘下樹椏杈，削去樹皮，在椏杈兩邊捆上橡皮圈，造成了「彈叉」。拾起一粒小石塊，利用橡皮圈的彈力發射出去，就可以射下樹上的野果，天空的小鳥。他們最愛用番石榴樹枝造彈叉，認為木質又堅實又光滑。哥哥就擁有這樣一把完美的彈叉。他有時還把用完的練習簿割成長條摺疊起來，放在橡皮圈中射出去，和其他男孩比賽誰射得遠，射得準。也可以在街頭巷尾追逐打巷戰，因為這些廢紙做成的「子彈」用橡皮圈射出，射中身體也不痛，也不會造成傷害。

他們又可以在竹樹中揀兩條幼小的竹枝做成「霹啪筒」（又稱逼迫筒）。大的一枝直徑約一點五厘米，小的一枝要能塞進大的一枝竹腔內。把大竹枝的竹節挖通，塞入小竹枝，再在小竹枝末端套上一節較粗的竹枝作為把手，造好後可以拉出推進就大功告成。玩的時候，把用過的習字簿紙浸濕，撕成小團，成為「子彈」，放入粗筒中，然後拉出把手用力把小竹枝推進。霹啪一聲，子彈便射出了。是有聲有射程的玩具手槍雛形。

我們女孩子就斯文些，較少滿街奔跑，愛窩在家中為「紙牌模特兒」設計時裝。姐姐和我先在硬卡紙上繪出一個模特兒，把她剪下來。然後用這模特兒在白紙上印下身形，再依自己想像或仿照明星的穿著設計出各種時裝——華麗的晚禮服，飄逸的婚紗，日常工作的制服，出外的常服，簡約的運動衣，舒適的睡衣或泳衣等，還配搭上時髦的手袋、鞋子及帽子，用心塗上美麗的顏色。小女孩的美麗心願就在自己精心的設計中實現了。之後，在服裝的肩上及腰上畫上小小的長方形鈕扣，依圖樣把服裝剪下，把肩上腰上的按鈕按在模時兒身上，那模特兒便「穿」上美麗的時裝。我們還一起想像著她將會出席甚麼場合，給她換上適合的衣著。

我們還會利用一些用過的紙片，或撕下用完了的練習簿，摺成魚兒、小鳥、青蛙、星星、小船等玩意，還可以製成飛翔天際的紙飛機，可以開合的「東南西北」小籠子，這個小籠子還可以「預測」各人的運氣。

現今的小孩，一般家境都比較寬裕，經濟條件較佳，父母又只生育一兩個小孩，所以都不吝惜購買各式各樣的玩具給他們，會發亮會發聲又會行走的玩偶，擺滿了屋子。但這些只是單向的玩耍，或手眼協調的訓練。在以前的窮日子裏，孩子們要有玩具，就得自己想辦法，動腦筋創製出來。日子久了，就培養了他們的思考能力及創意，同時也增加了他們對玩具的珍惜愛護。

# 九　不一樣的寵物

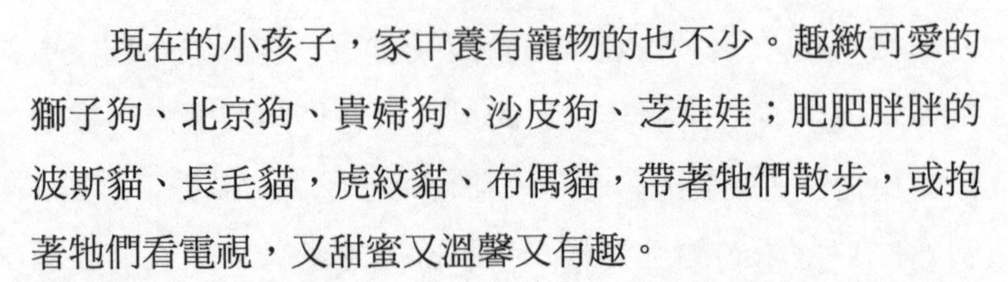

現在的小孩子，家中養有寵物的也不少。趣緻可愛的獅子狗、北京狗、貴婦狗、沙皮狗、芝娃娃；肥肥胖胖的波斯貓、長毛貓，虎紋貓、布偶貓，帶著牠們散步，或抱著牠們看電視，又甜蜜又溫馨又有趣。

五、六十年代的小孩，他們可曾養寵物？養貓？養狗？抑或熱帶魚？唉！那時候，家長餵飽家中幾個孩子都非易事，那有餘力養飼小動物？

不過，不用擔心，那時的小朋友，仍有不一樣的寵物。

一、養蠶：那時候，我們只要向養蠶的同學或好朋友討一小塊撒有蠶卵的紙片，放在一個小盒子裏（通常是 555 牌盛裝香煙的方形扁盒子）。在盒子底部鋪上桑葉，用錐子在盒蓋上錐些小孔來透氣。就可以靜觀其變。過了幾天，蠶卵孵化了，變成黑色的小蟻蠶，開始蠕動找桑葉吃。花不起錢買桑葉，我們就會在山邊，或村尾的雜樹叢中找出桑樹的蹤跡，揀最嫩的桑葉摘下，回家洗淨抹乾，剪碎了給蠶寶寶當食糧。眼看蠶兒日夜貪婪的吃著，身體慢慢的長大：變白了，又變黃了，變得通體透明，跟著又吐絲結繭了。咬破蠶繭，飛出一隻又大又白的蠶蛾，我們都十分高興。但蠶蛾交配後，在盒中鋪好的紙上產卵之後卻死去了。不過，她留下了卵子，又可繁殖下一代和贈送給好朋友。在養殖過程中，我們見證了蠶兒「完全變態」的一生，又見證了生命生生不息的輪迴。

二、**養洋蟲**：洋蟲是甚麼東西？恐怕現在的小朋友很少見到了。洋蟲屬有翅亞綱鞘翅目，身長約半個厘米，像個小小的黑色甲蟲，有點像躲在白米中的穀牛，樣子並不可愛，但當時許多小朋友都把牠養著。牠也是「完全變態」的昆蟲。把蟲卵放進玻璃瓶中，就可以觀察牠由卵、幼蟲、蛹到成蟲的過程。牠愛吃蓮子、淮山及紅棗，飼料不便宜。幸好吃得少，我從媽媽買來煮湯的藥材中偷一兩粒便可應付牠幾天的食糧。我們都愛把牠放入袋中或書包裏，帶回學校，看著牠在瓶裏成群的爬來爬去，大家比較一番。聽說洋蟲對身體很有益，是一種名貴的中藥，但也不見得有哪個同學會把牠吞入肚子裏。

三、**金絲貓**：又叫豹虎，學名為跳蛛。身長十至二十毫米，像一隻混身長毛的小蜘蛛。牠顏色鮮艷，凶猛好鬥。那時候，男孩子到山邊的水澗旁採摘盧兜樹葉做成兩三吋長的豹虎籠，在樹葉與樹葉之間的罅隙中間找尋金絲貓。找到了，便把牠放進豹虎籠中，牠會自己找小蚊滋、小飛蛾吃。

男孩子會為自己的金絲貓改一個「好打得」的名字，例如趙子龍、岳飛、關公等，或是煞氣重的例如大魔頭、天煞星之類。哥哥的愛將名叫「趙子龍」，體型較大，也是長勝將軍。所以他常常向其他小孩挑戰。鬥金絲貓的時候，大家找一塊較平的大石頭或木桌面，各自放出愛將，金絲貓就會衝前迎戰，和對方攬抱廝殺起來。主人各自為自己的寵物打氣，兩旁觀看的小孩也在搖旗吶喊助威，一時間呼聲震天，宛如兩名大將軍在征戰，十分刺激。如果「趙子龍」贏了，哥哥便會興高采烈的把愛將迎回籠裏，珍而重之帶回家。現在，玩金絲貓的小朋友沒有了，偶然在旺角街頭的小花園裏，還可以看到幾位大叔在鬥金絲貓，大概是想找回童年的記憶吧！

那些年，孩子們的寵物就是這樣的簡單、廉宜。不須買貓糧狗糧，不須買魚缸電泵，但也能呼朋結友一起玩耍，樂趣無窮。觀看寵物的成長，除了了解牠們的習性及生長過程之外，還領會到大自然生老病死、生生不息的循環。

# 十　養雞

說到五、六十年代孩子的寵物，還有一種可以大書一筆的，就是我家也曾經擁有的——養雞。

當時，我家住在白田村的小平房，平房前面是一條寬約三四呎的水泥路。小路旁邊是一條三尺寬的水溝。水從山上流下來，所以十分清澈，可以見到溪底的藻類在悠悠地擺動。有時還可以見到幾隻透明的小蝦小魚游過。小溪和小山之間還有五六尺寬的草地，那裏便是我們的小雞樂園。

媽媽們都會從市集買一窩小雞回來，在那草地上放養。那條小溪便成為天然的楚河漢界，小雞們不能飛越那條小水溝，便乖乖的留在山腳下的草地上玩耍。我們不須要拿糧食去餵牠們，小雞們自己會吱吱咯咯的去啄食草籽，尋覓泥土中的小蟲。又會自己追逐玩耍。真真正正是非人工飼養的「走地雞」。小孩子們就擔任清晨放雞，黃昏招呼牠們回家的責任。空閒時就逗著小雞們玩耍，看著牠們搏鬥。

那麼，十戶人家的小雞如何識別呢？小孩子們便各出奇謀，在自家的小雞翅膀上染上不同的顏色。我家的是紅色的，小強家的是綠色的，美玉家的是橙色的等等。到了黃昏，孩子們便拿出自家的竹雞籠，打開了門，口中吱吱咯咯的招呼小雞回籠，我們從來沒有錯把人家的小雞帶回家的。小雞回籠後，便把雞籠放在屋子的角落裏。

小雞慢慢長大，我們又仔細觀察牠們的特徵，給牠們改上有趣的名字。有一隻雞在腿上長出長毛，我們便叫他做大富（大褲）。爸爸見了，就慨嘆著：「唉！人窮雞著褲呀！」另一隻母雞嘴旁生了一撮白毛，媽媽便笑著說：「哈！人富雞生鬚呀！」

小雞長大後，便各有不同的命運。母雞生蛋了；初生的雞蛋熱騰騰的，蛋殼還未變硬，媽媽便叫我們在蛋上開個小洞，每人啜一口，說是很「補身」的。雖然不大衛生，但卻可以見到媽媽的愛心，從不會放過為孩子爭取營養的機會。至於公雞嘛，我們平日愛聚在一起看牠們搏鬥，牠們常常劍拔弩張，頸毛直豎，飛騰數尺，撲向對方。我們就在一旁吶喊助威，看一場大公雞的擂台比武。但公雞的命運也是悲慘的，長得肥大了，某天便悄悄失了蹤。晚上，桌子上便多了一碟滿滿的油亮的雞肉，我們都很不開心。但當媽媽夾來一塊雞肉時，又忍不住滋滋味味的吃下肚子去。

小雞們的成長，陪伴了我們的成長，也豐富了我們的童年。

# 十一　花兒與小孩

香港位於亞熱帶，長年草木籠葱，花卉繁多，實在是一個美麗的地方。除了有草本的花，如茉莉、菊花、薑花、鳳仙、雞冠花、龍船花之外，還有灌木的花：如連翹、玫瑰、含笑、大紅花、炮仗花、燈籠花等。高大的喬木花，則有雞蛋花、鳳凰木、木棉和白蘭花。這些漂亮的花卉，也是當年孩子們親炙的玩具。

例如高大直衝雲霄的木棉花。春來，在落盡葉子的枯褐色枝頭，爆出一個個栗子大的花苞，露出點點鮮紅，然後慢慢綻開一朵朵鮮紅或橙紅的羽毛球狀的木棉花。佇立枝頭上，恍如雲際上點上一盞盞的明燈。花兒成熟了，春風一吹，便拍噠拍噠的告別母枝，旋轉著落下。掉在地上仍是鮮艷欲滴，厚重可愛。小孩子們一聲歡呼，便湧到樹下執拾花兒。有時僧多粥少，一些小孩未免失望，便仰望著高大的英雄樹，唱著兒歌：「木棉大哥！木棉大哥！請你掉下一個嚟畀我，我擔張櫈仔畀你坐。」盼著微風一過，再掉下幾朵花兒在眼前。當你拾了一堆木棉花回家，媽媽便用鹹水草把它一個個穿起來，吊在窗前吹乾。說這是煲五花茶的藥材，清熱去濕，曬乾了還可賣給藥材鋪。當花兒落盡，結成棉桃，棉桃熟透裂開，滿天飛絮，像下小雪。

孩子們又是追著陣陣飄絮玩耍。

雞蛋花也是五花茶材料之一。我們愛跟著一群年紀較大的小童，聯群結隊，走到九龍塘火車站旁。那時，路軌的兩邊長著很多雞蛋花樹。雨後，被打落的花兒躺在綠草地上，仍是水珠滴滴，嬌嫩可愛。雞蛋花有一股醉人的香氣，有些女孩子選了朵最漂亮的，別在頭上，帶著滿身香氣回家。小孩拾了滿袋的雞蛋花回家，媽媽把它放在竹籬上曬乾，用來煮茶。

白蘭花也和木棉樹一樣，是高大的喬木。它長著長卵形的薄薄的葉子，我們把樹葉浸在水裏幾天，葉綠素便會溶解去掉，只剩下纖細如紗網一樣的葉脈，細緻可愛，曬乾後便可作書簽用，拿到學校去向同學炫耀。哥哥更會用水彩在葉脈上畫上畫兒，送給同學作紀念。白蘭花也是極清香的，風雨過後，很多白蘭花掉了下來，我們拾了回家去，媽媽用碟子把它盛起來。長形象牙色的白蘭花，躺在青翠欲滴的葉子上，清香撲鼻。如果拾的白蘭花多了，媽媽就把四朵穿成一串，可拿到街頭叫賣。很多婦道人家，愛在烏亮的黑髮上別上一朵白蘭花，便整天滿身清香。

鳳凰木又叫火鳳凰、火焰樹和影樹。初夏時，在翠綠的葉子上開滿了鮮紅的花，宛如在樹頂燃著了一把火，又像一隻火鳳凰伏在樹上，非常賞心悅目。在鳳凰花開的季節，我曾跟著爸爸到九龍嘉林邊道，替他任教的小學派招生章程。我坐在那五層洋房的前院，鳳凰木下的一張小小書桌前，望著街上的一行火焰樹，燃燒著的一把把火，在婆娑細緻的翠綠葉子上滾動，美得簡直令我看呆了，連行人進來取章程也忘記了招呼。不過鳳凰木的枝條比較脆弱，打風後，枝葉和花散落一地，這隻「火鳳凰」像吐了一地的血。鳳凰木也是當年小孩子們的玩具。他們把那羽狀的小葉子捋下來，藏在口袋裏。當你走近時，冷不妨就從口袋裏掏出一把，灑得你滿頭滿身都是，像給新娘子撒了滿身的花紙屑。女孩子們就愛拿起地上簇簇的紅花，紮成花球，扮新娘子去玩耍。到了秋天，花兒落盡，結成了一條條刀狀的莢果，長約尺許，裏面有很多豆狀的小種子。莢果乾後木質化，變成枯褐色。這時，小頑皮們拿著它作大刀，捉對兒打鬧起來。我們女孩子們則拿它當作樂器，輕輕搖著，乾豆莢裏發出沙沙的聲響，大家一邊唱歌一邊搖動，像極了樂器中的沙槌。

此外，不能不提到的就是香港的市花——洋紫荊。洋紫荊和羊蹄甲都是喬木的花兒。洋紫荊和羊蹄甲的花兒和葉子都很相似。洋紫荊的花形深紫色，較大較漂亮，一九六五年成為香港的市花，一九九七年更成為特區的區旗和區徽圖案。羊蹄甲花形較小，有白色、粉紅色和淡紫色。它和洋紫荊的葉子都成蝴蝶形，都可泡水浸製，製成蝴蝶形的書簽，比白蘭花葉更別緻。不過，洋紫荊不結果，羊蹄甲則會結成莢果，我們把它摘下來玩耍，或把幼嫩的莢果交給媽媽醃成酸果吃。

有的花兒還能吃呢！就像大紅花、炮仗花和燈籠花，它們除了有鮮艷的顏色和漂亮的形狀外，花心還充滿了蜜糖。把它們的花蕊拔出，放入口中一吮，你可享受到新鮮花蜜的甜蜜清香，這是當年我們的一大發現。把一串串橙色的「炮仗花」放在掌心，用力一拍，就會發出「啪」的一聲，像一枚小炮仗在你手中爆炸，真是名副其實。

# 十二　木屐和人字拖

五十年代的小孩子，在家中常是赤腳走來走去的，講究一點的就穿上木屐。

木屐是使用輕便的木製成鞋底的，鞋面就是一塊薄膠皮。它很適合香港的天氣。香港氣候溫暖潮濕而多雨，腳丫之間容易生香港腳。（香港腳即是腳癬，一種因黴菌感染而生的皮膚病，有時會擴散至雙手。腳趾間會產生白色的水泡，十分痕癢。有時在漫畫中看到老人家一邊看報紙一邊搓腳丫，就是因為患了香港腳的緣故。）穿著木屐鞋底較高，隔開了潮濕的地面，又露趾通風，較易保持腳趾間的通爽。

媽媽帶我們走到賣木屐的攤檔，這是我們萬分興奮的時光。望著牆上掛著一對對漂亮的、描上花樣的木屐，大家都雀躍萬分，選擇自己最喜歡的圖案。屐面的膠皮也是非常漂亮的，是半透明的，有深紅、粉紅、青綠、亮藍、淺紫等等顏色，你可以選擇任何一種，由賣屐的老伯伯剪下一塊替你釘上。一雙美麗的小木屐就送到你眼前。你捨不得立刻穿著，就滿心歡喜的捧在懷裏走回家。

穿木屐最不方便的就是玩耍的時候：捉迷藏飛奔躲藏時它會「得得」發聲；奔跑的時候穿著它又走得不快；跳

橡筋繩的時候穿著它又跳得不高。所以玩耍的時候，我們都喜歡把它脫下來。

雨天，有時媽媽會叫哥哥去買腸粉、油條什麼的當早餐。哥哥撐著雨傘，走在空巷子裏，得得的木屐聲和著滴滴答答的雨聲。我們就可以用這詩意的聲音，丈量著哥哥回來的時候。

後來，興起了人字拖。輕便的塑膠鞋底，加上成人字形的兩條膠條為鞋面，用「腳趾公」和第二隻腳趾夾著，就可以行走自如了。這便宜、耐穿而輕便的膠拖鞋，很快就取代了笨重的木屐的位置。穿著它玩耍也較方便了。但缺少了雨天空巷裏的足音，彷彿和童年的某一種回憶說了聲再見。

至於穿鞋子出外，這昂貴的「足下」問題，困擾了當年貧窮而多孩子的家庭。

那時候，我們上學或上體育課時，都穿著馮強牌的白膠鞋，俗稱「白飯魚」。香港經年潮濕炎熱，孩子腳汗大，穿膠鞋時間長了腳會有臭味。所以要經常洗鞋，穿得多了，白帆布鞋面會變黑，洗好乾後，還要塗上一層白鞋水，以保持鞋面的潔白。鞋子穿久了，有時鞋底穿了洞，家中也未必能即時替你購買。所以你得穿著這腳底開洞的鞋子過一段日子，幸好表面上是看不到的。

至於皮鞋，因為價錢較貴，一年才可換一次。所以多是逛街、節慶、「去飲」等較隆重的場合才會穿著。爸爸居港的舊同學，多是家境不好的，只有兩三個經濟較為穩定。其中一位徐伯伯是開了間小型鞋店的，家境較佳。過年前，爸爸就會帶我們四個小孩到他的鞋店買鞋，好像也沒給什麼錢，大概是徐伯伯送的。出門前，爸爸一再吩咐我們要揀放在店裏的特價鞋，不要揀擺在櫥窗裏的。我們雖然年紀小，心底也明白。到了店裏，爸爸有求於人，臉上神色總是訕訕的，有點不好意思。幸好徐伯伯雖然不是挺高興，但也不至於給臉色老同學看，還是叫我們揀自己喜愛的。當時大家都生活困難，尚且能幫助舊同學，這份情誼也是難得的了。

至於我呢，看著擺在燈光明亮的櫥窗裏的一對小小紅鞋，鞋頭還有個漂亮的蝴蝶結的，心中萬分喜愛，但不敢作聲，仍是在特價鞋堆裏揀。無奈，就只能偶爾在夢中和它相遇了。

# 十三　旅行去

五六十年代的小孩子，日間上學玩耍，回家幫手做家務或家庭手工業，晚上都是十分疲累的。一倒在床上，那怕是幾兄弟姊妹同睡在一張硬板床上，每人得那麼一尺多的空間，都會睡得小豬一樣。唯一會令他們輾轉反側的「大事」，就是——明天旅行去！

當晚，反覆想著的是明天要帶甚麼東西。吃的：一小罐壽星公煉奶，一條嘉頓生命麵包，一個蘋果，一壺水是少不了的。玩的：帶個小皮球，一條橡筋繩，一個毽子，抑或一盒象棋，一盤波子棋？或者，把那一疊貯了很久的明星卡帶去，在同學面前炫耀一番？明天要和哪個哪個玩個痛快？這些「頭等大事」，夠孩子們躊躇一晚的了。畢竟一個學期才有那麼一天啊！

那時候，初小（一、二、三年級）多是在學校排好隊伍，跟著老師到學校附近的公園或近郊的大草地玩玩便是了。反正一群「嘩鬼」，鬧鬧嚷嚷，你追我逐，吃吃東西，很快就過了一整天。至於高小（四、五、六年級），最有吸引力的就是到沙田紅梅谷去。

紅梅谷在沙田的南部，在現在的獅子山隧道的出口。

據說那裏有許多褐紅色果子的水楊梅，所以叫做紅梅谷，但在我記憶中多次到訪卻不曾見過。

旅行那天，我們背著裝滿食物和玩具的書包，一起在學校出發。高年級的甚至會在尖沙咀火車站集合，排隊上車。坐上火車後，便是精彩的節目。當年，火車開行不久，就是鄉郊。兩邊都是綠油油的菜田，或是色彩斑爛的花田，甚至有一兩畦金黃的稻穀。新年的前後，還會看到一株株大紅桃花在田中迎著寒風綻放艷彩。

「火車穿山窿」也是旅行節目之一。路程經過一長一短兩個山洞。短的山洞眨眼便過了。長的山洞可有幾分鐘的路程。轟隆一聲，火車便由藍天白雲中衝進黑暗世界。小小的心靈又驚訝又興奮，爆發出期待已久的歡呼聲。有些好奇的便瞪大眼睛看看洞壁有甚麼東西。有的搗蛋的就趁機整蠱（捉弄）同學。一時間，嘻笑聲，驚呼聲溢滿車廂。

山洞過後，又是陽光明媚。抵達紅梅谷，青山翠谷，綠樹芳草，空氣特別甜美。大家排好隊，聽老師三令五申，清楚交待回程集合的時間及各種規條，以免發生危險。同學們歡呼一聲，便四散奔跑，追逐遊戲。追小鳥有之，捉蝴蝶有之，玩球跳繩有之，到清溪旁脫了鞋到水中捉小魚小蝦者有之，山谷中歡聲震天。

遙望便是望夫石，極像一個婦人背著小孩，站在山頂，向港口眺望，盼著丈夫回來。文靜一點的同學，便圍著老師聽「望夫石」的故事。

直到大紅的落日向獅子山頂滾下，在老師的哨子聲催促中，我們才依依不捨的集合回程。這就是當年小學生的頭等樂事。

至於到彭福公園、圓玄學院、青山禪院等地旅行，就是較後期的事了。

升上中學後，我們最常去的是獅子山坳，或者八仙嶺的一些山谷。那時作興戶外野餐，不是帶備乾糧到戶外吃那一種，而是真的攜帶「砂煲罌罉」到郊外煮食。

當我向媽媽商借一個鍋子到郊外煮食時，媽媽常罵道：「冇事搵事嚟搞，好端端的在家不吃，背著這麼多『架生』到郊外，又要生火，又要搵水，煮到半生不熟，好吃嗎？」罵歸罵，最後還是把鍋子遞了給我。

旅行時，老師總會把我們帶到接近溪水旁的山谷歇息。我們玩耍了片刻，就生火的生火，洗菜的洗菜，淘米的淘米。有些同學用幾塊大石頭撐起作爐灶，便開始真正的「煮飯仔」。生火時，用舊報紙和炭精，把乾柴枝燃著。這是一項艱巨的工程，生火的同學常常被煙火嗆得涕淚直流，咳嗽不止。

煮出來的白米飯，很多時都是「三及第」：鍋底是焦的，中間未熟透，上面還有水。跟著又煮一些青菜，開一些罐頭。如：茄汁豬肉豆、沙甸魚、回鍋肉、豆豉鯪魚之類。雖然是「劣質大廚」煮的「劣質飯菜」，但在青山翠谷之中，嘻笑不停的伙伴群裏，大家都吃得滋滋味味，興趣盎然。飯後，還有最容易「炮製」的「腐竹白果雞蛋糖水」作為甜食。

那時，我們享受的不是飯菜，而是活躍的青春，而是深厚的友情，而是滿目蒼翠的大自然。

# 十四　歡欣小宇宙——荔園

「到荔園去！」是五十至七十年代的少年兒童渴望的的事情。等於現在香港的小孩子希望到迪士尼樂園玩耍一樣。

荔園遊樂場位於荔枝角九華徑附近，佔地一萬餘平方呎，是當時香港規模最大的遊樂場。它在一九五〇年設立，歷史悠久。記得五十年代跟爸爸媽媽到荔園玩的時候，裏邊已有攤位遊戲、機動遊戲、動物園、劇院和鬼屋等等設備。後來，到了一九七七年，荔園旁邊還加建了宋城。是以中國名畫《清明上河圖》為藍本興建的。裏面的工作人員都穿上了宋朝服裝，有的甚至扮作遊人，在街上晃蕩，以增加古城的氣氛。

荔園的攤位遊戲多樣化，如傳統的拋磁磚、射氣球、拋球入樽等。但最吸引我們小孩的卻是各種機動遊戲。有摩天輪、碰碰車、叮叮船、旋轉木馬、咖啡杯、小飛象、八爪魚、海盜船、恐龍屋和鬼屋等等。當媽媽把我們抱上叮叮船或者旋轉木馬，在清脆悠揚的音樂聲中行進時，便覺得是天下間最快樂的事情了。有時，爸媽還和我們一起坐摩天輪和小飛象。當摩天輪開到高空時，俯望九龍的夜景及腳下燈光燦爛、人聲鼎沸的遊樂場時，我們就興奮得手舞足蹈。但我們始終沒有進恐龍屋和鬼屋去探險。因為媽媽怕我們看了睡覺時會「發惡夢」。不過，四兄弟姊妹站在不同的哈哈鏡前，看著自己變得古靈精怪的模樣時已經樂上好半天。

動物園雖然有一股難聞的異味，但也是我們喜愛的去處。我們不但可以看到大型的猛獸，如獅子、老虎、黑熊、花豹、鱷魚等。還可以看到雙峰駱駝、長頸鹿、黑猩猩和猴子。還有美麗的孔雀和珍珠雞、羚羊、紅鶴等。當然，我們最愛做的事兒就是問媽媽拿一角幾分，買兩隻香蕉餵大笨象「天奴」了。牠真可憐呀！老得大蒲扇似的耳朵都破了。牠食量很大，有時園中的食物供應不足，牠就要向遊客乞討來飽肚子。所以爸媽也會給我們一點小錢買東西餵牠。牠用鼻子捲走香蕉後，會向我們點頭致謝，有時還會跪在地上。

令小孩子傷心的是：大笨象「天奴」一九八九年二月因患上急性肺炎而遭人道毀滅。深植在小孩子腦海中的一位「老人」就此永別。

媽媽也會帶我們到劇場看戲。那裏有粵劇、歌唱、舞蹈和雜技表演。聽說不少出名的影視藝員和歌星，年青時都曾在荔園表演過。包括陳寶珠、蕭芳芳、鄭少秋、鍾叮噹、鍾玲玲、張德蘭、梅艷芳和梅愛芳等。荔園成為他們少年時磨練技藝的搖籃。可能那時我們曾經和三四歲的梅艷芳見過面呢！

到了一九七七年，荔園旁邊加建了宋城。走進城門，小橋流水，楊柳樹下，所有的食肆、酒坊、商店都是宋朝風貌。城裏的工作人員，包括伴裝遊客及小販的，都穿上宋代服飾，走來走去，我們恍如走進時光隧道，回到過去。

可惜，到了一九九七年，政府宣佈收回荔園土地作住宅發展。荔園遊樂場便於同年三月三十一日關閉了。這個全香港最大的、多姿多彩的、有玩有吃有節目欣賞的遊樂場，就只能成為五十至七十年代孩子們的集體回憶了。

# 十五　人生第一課——萬金油花園

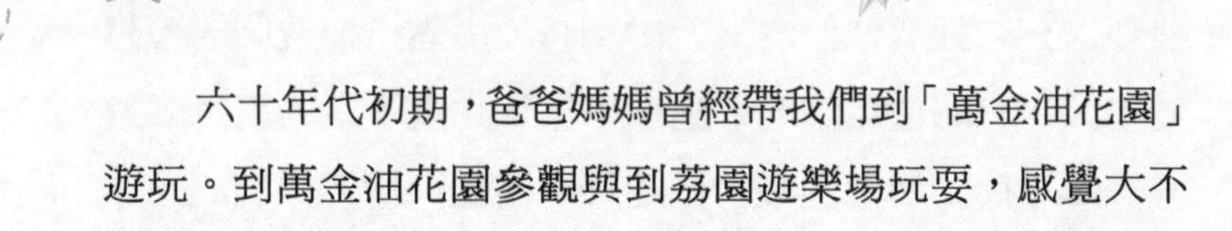

六十年代初期，爸爸媽媽曾經帶我們到「萬金油花園」遊玩。到萬金油花園參觀與到荔園遊樂場玩耍，感覺大不相同。

萬金油花園又稱胡文虎花園，位於香港島大坑的大坑道。是萬金油創辦人胡文虎斥巨資建成的。胡文虎、胡文豹兩兄弟把父親的中藥配方改良，製成家傳戶曉，專治身體痛症，可外服又可內服的虎標萬金油。暢銷東南亞及香港、澳門各地。他們賺取了巨額財富，所以在香港建立了虎豹別墅，旁邊就是著名的萬金油花園。

萬金油花園雖然是私人產業，但是胡氏兄弟有感於當時華人的娛樂及遊覽場所不多，所以開放給公眾參觀，一方面也可以為自己的商標作宣傳。而且花園主人胡先生篤信佛教，所以花園內設有很多宣揚輪迴和因果報應的雕塑和畫像，他想藉此警惕世人，為善遠惡。

萬金油花園傍山而建，綿延而上，面積 53.4 公頃（533, 600 平方米），雄踞整個山頭。

樓高七層的白色「虎塔」是胡文虎花園的地標，遠遠在山下就可以看見它高聳天際。塔下很多亭台樓閣，洞穴山石，有山有水，更多的是色彩濃烈的雕塑。

我們跟著爸爸媽媽拾級而上，穿過假山洞穴。每一層都有一組雕像，像真人般大小。都是一些牛頭馬面在對陰間的人行刑。有的把鬼魂推入油鍋中，像製「油炸鬼」般煎炸；有的押著他們走上刀山；有的用勾子把他們的舌頭勾出來；有的把他們的心挖出來給毒蛇吃；有的用車輾過他們的身體；用刀割破他們的腰；用鍘刀切下他們的頭。我們看得驚心動魄。爸爸說這是被打入十八層地獄的鬼魂，在十殿王面前受到懲罰。他們都是壞人：不忠不孝，不敬老人，貪心奸詐，心腸歹毒，忘恩負義，貪贓枉法，死後輪迴就要受到這些報應。

媽媽在一旁唬嚇我們：「你哋講大話，唔孝順，貪心，心地唔好就要被勾脷筋㗎！」

我們越聽越怕，縮作一團，盡量遠離雕像。媽媽見我們不作聲，臉色惶恐，就安慰我們說：「你哋冇做壞事，唔使驚！」

爸爸說：「胡文虎做這些塑像，就是警惕世人要多做善事，心地要善良正直，你們也不能做壞事呀！」

後來，走到最上面，有些雕像是八仙過海，姜太公釣魚等等民間傳說，我們看了才沒有這樣害怕。

一直走上山頂，旁邊就是綠瓦紅柱，有精巧飛簷，有絢麗彩窗的虎豹別墅。別墅前面還有一座雅緻的花園。當時別墅沒有開放，我們只是遠遠望了一會兒，就跟著爸爸媽媽下山去了。

到了山下，回頭一望，那麼多色彩鮮艷的亭台樓閣，一層一層的掩映在綠樹蔭中，多麼美麗！但為什麼要隱藏這麼多恐怖的牛頭馬面在裏面呢？原來做了壞事，就有這些報應的，我一定不做壞事！不做壞人！一定！

此後，我們幾兄妹就再沒有再央求爸媽帶我們到萬金油花園去了，因為那些恐怖的塑像實在駭人。

如今，胡文虎的後人已經把花園的大部分土地賣給建築商興建私人住宅。只保留了虎豹別墅及前面的小花園，交給政府管理及活化，還設有導賞團，開放給市民參觀。聽說別墅內的設計裝飾兼有中國及西方色彩，金碧輝煌，有名貴的彩窗、地毯及各種珍藏擺設，可見胡文虎家族昔日的豪華氣派。

# 第三章　小當家

# 十六　窮家小孩早當家

五十年代後期，由於中國國內政治、經濟、自然災害的影響，很多人攜帶子女南下到香港來。香港的人口由戰後的一百萬迅速增至六十年代後期的三百萬。除了上海、北京等地一些大資本家帶著資金財產來港之外，絕大部分人都是空手而來，並無帶來什麼財物。所以一家大小的生活問題就成為沉重的負擔。當時，規模龐大的工商業並不多。人多工少，就業不足情況十分嚴峻。人們就憑著刻苦拼搏的精神，從事家庭手工業，或到工廠從事體力勞動，或到街邊做些小買賣，賺取微薄的金錢，來養活一家大小。

為了謀生，很多家庭的父親和母親，都要到工廠上班，或在街頭做些小生意，擺賣香煙、瓜菜、糖果、冰棒、自製粽子糕點之類。不管你以前在國內是專業人士、會計、教師、訟師或者買辦等，來到新環境，生活逼人，都要從事基層工作，為口奔馳，起早摸黑去工作，日落西山滿身疲累才回家。家務自然就落在孩子身上了。當年並沒有甚麼節育觀念，所以家中孩子眾多，一家五六個小孩並非罕見事。看顧弟妹、煮飯、打掃、洗衣等等家務，都由年紀較大的哥哥姊姊承擔。

當年的小孩，多是又黑又瘦，衣衫襤褸的，不像現在肥白白的幸福兒童模樣。但是，無論甚麼環境，遊戲始終是孩童的天性。所以，常見的街景是：十歲左右的孩子，用孭帶背著一兩歲的弟妹，一樣在街頭巷尾奔跑嬉戲。那背上的嬰孩熟睡了，頭垂在孭帶外。當哥姊奔跑時，那顆小頭便吊在孭帶外搖擺晃蕩。路人經過，都揑了把汗，擔心那顆小頭會掉下來。

既然爸媽整天在外工作，那煮兩餐的重責便落在那稍大的孩子身上了。雖然是七八歲的小童，都曉得淘米煮飯炒菜。用的是極不方便的火水爐（煤油爐），但加煤油、穿棉蕊等工作都做得乾淨俐落，難不到他們。他們會煮好熱飯熱菜，等辛勞了一整天的父母回來。這是現今的青少年難以想像的。

至於家中的打掃、洗衣更是微不足道的日常工作。拿著重重的一大盆髒衣到街喉洗滌是每天必做的事。有時濕衣太重了，便和弟妹一起擔抬。

雖然孩子們生活困苦，但對父母卻十分孝順。因為知道父母賺錢養家的艱辛。對於父母的責罵只有聽從，罵錯了也不敢「駁嘴」（還口）。做錯了事還要吃「藤鱔炆豬肉」的（被父母用藤條鞭打）。吃飯的時候，常是父母教訓子女或教導人生道理的時刻。當時飯菜不多，吃飯時小孩筷如雨下，若有人不守規矩，或挾菜太多，父母就會用筷子敲他手背以作警告。父母對子女體罰是常見的，他們深信「棒下出孝子」。而當時的孩子們，一般對父母都是敬畏的。我們家當然也不會例外。

# 十七　窮爸爸的快樂事

五十年代的中期，我是眾多兄弟姊妹中最早到香港的一個。因為媽媽尚未獲得當地政府的批准來港，唯有帶著三個小孩留守在廣州。只有我自己一個跟著一位老親戚成功的過關到了香港，跟爸爸一起住在一間狹小的板間房內。

雖然只是六歲，但也知道爸爸日夜教學的辛勞，我很快就學懂了洗菜煮飯。煮好了飯等爸爸回家吃。有一次，爸爸的中學同學李姨姨來探訪，見我這個小小的人兒在洗菜，也懂得將白菜一瓣一瓣的剝開來沖洗乾淨，就稱讚我是爸爸的好幫手，把兩元錢塞在我的口袋中作為獎勵。我十分高興，不單因為得到誇獎，而且是得到兩元獎金。在一角錢可以買一碗白粥一條油炸鬼（炸麵）的時候，對於小孩子來說，兩元錢是一筆財富了。

那時，爸爸的薪金只得幾十塊錢。住在一間四十呎的小房間內，平日替換的衣物也只有兩三件。記得有一次，他叫我把兩件白襯衫和一條西褲拿到洗衣店漿洗。（那時的白襯衫都要下漿和洗熨，否則皺巴巴的不能穿上身。記得鱷魚恤公司曾發行免漿燙的白紡恤衫，曾經風行一時。）把衣服拿回來的時候，我把他的一件短袖襯衣在路上遺失了，回到家中才發覺。爸爸十分生氣，情急之下就摑了我一巴掌。我嗚嗚的哭了，但不是為了那一巴掌，爸爸打得並不重，只是怪自己的粗心大意，把爸爸的衣服弄丟了。小小的年紀，已經擔心爸爸明天不知穿什麼去上課了。爸爸拖著我的手匆忙的上街找，但再也找不著了。後來怎麼樣呢，我也記不起。只是記得這一巴掌是一生中爸爸打我的第一次也是最後的一次。

整天為生計憂煩的爸爸，偶然也會有一兩宗快樂事。

記得有一次，爸爸的一位女同事邀請他和其他同事到家中吃飯。那位姨姨的家居於新界青龍頭的半山，要走一小段山路才到。是建在半山崖邊的一間小小石屋，屋前有一片鋪了水泥的地台，遠眺就是青山灣，倒也景色寬曠，山清水秀。水泥地上還擺了幾盆清香撲鼻的白菊花和支了一架瓜棚，空氣非常清新甜美，雖然僻遠，但也是當年的低入息人士夢寐以求的居所了。

姨姨在地台上擺放了兩張長板凳，上面放上一塊大鋅鐵圓枱面。四周還擺放了很多張摺椅，七八位叔叔姨姨們就在山風、海風習習的吹拂下，愉快地談天說地。有位姨姨還唱起一些小曲，大家都興高采烈。

晚飯的時候，有一隻很大的白切雞，還有一大鍋蘿蔔炆牛腩，一碟齋菜，兩碟炒芥蘭和菜心。雞肉鮮味，雞皮爽脆，牛腩稔滑，蘿蔔甜美，園蔬清新爽脆。大家都很久沒有吃過這些好東西了，一時間筷如雨下。席間叔叔們分享一支「竹葉青」（酒名）。談笑之後，不約而同，大家都說起家鄉的事情。原來很多叔叔的家人仍然留在大陸。他們說話聲音逐漸低沉，有些叔叔眼圈開始紅了，大概是想起家人吧。主人家李姨姨看到，立刻扭轉話題，捧出了一個大榴槤進來，剝開了皮，挖出金黃的果肉給大家分享。大家吃得津津有味。我只嚐了一小口。雖然果肉十分清甜軟滑，但我不喜歡那種香味。吃完了，李姨姨還把榴槤核拿進廚房煮，說煮熟了很好吃，味道像栗子和鳳眼果，真是一點也不浪費。

我跟著微醺的爸爸下山回家。雖然他吃東西時又哭又笑，但我知道他心底是暢快的，因為已經把心底的愁緒在朋友之間宣洩出來。

又有一次，爸爸和舊同學到青山灣一處海灘露營。那裏海天一色，浪花輕躍。他們把借來的三個小帳幕豎起來，在旁邊支起三角架，生起了小小的火爐，把釣來的魚和買來的食物放在鍋裏煮。那時的海水仍然很清澈，近岸淺水處仍然掘到很肥美的大蜆，捉到很多海膽。魚湯噗噗噗噗的滾起，他們就在海邊滋滋味味的吃了一頓最新鮮的海鮮餐。

晚上，沒有了鬧市的燈光，四周非常黑暗寧靜。天上只有一彎新月和滿天的星星。在閃爍的星光中，爸爸教我認識了最耀目的北斗星座。除了不遠處捕捉墨魚的漁家燈火外，黑黝黝的海面上還閃爍著點點綠瑩瑩的光。我問爸爸那可是水鬼的眼睛嗎？爸爸說這可能是海裏發光的蝦，或者近岸邊發光的海藻。對著那少見的濃黑的夜，天上閃爍的星光，海上聚散的螢光，聽著那有節有奏的海濤，眼睛倦了我還不願入營睡覺。

　　這不多的記憶，就是當年貧苦困頓的爸爸帶著我經歷的樂事了！

# 十八　小小販和工廠妹

那時，生活是十分艱辛的。

記得當時不少鄰居是做小買賣的，有時子女還要幫父母「看檔」（到攤檔前幫手做買賣）。鄰居的一個孩子叫小美，只有八歲。有天她婆婆病了，媽媽要在家照顧她，所以到街市擺好了兩筐瓜菜，便叫阿美看檔，自己陪婆婆看了醫生才回來。小小的阿美便站在比她也矮不了多少的菜攤前做買賣。幸而，她稱斤稱兩也沒有甚麼失誤。有一位老伯來買了兩條絲瓜，叫小美去皮。小美學著媽媽的樣子，用刨子把絲瓜的稜角刨去。但力度掌握得不好，刨得太深了。老伯大聲喝止：「你把半條絲瓜都刨去了，我還有得吃嗎？」但抬眼看到這瑟縮著的小不點，也不忍深責，嘆了口氣，自認倒霉，把瓜奪回，拿回家中自家削皮去了。阿美卻嚇得憋著一眶淚水。

鄰居十三歲的小哥哥浩明，當時就讀中學，功課很多，但也經常要到市場幫媽媽「看檔」。讓媽媽回家照顧患病的父親和年幼的弟妹。那個所謂攤檔，也只是三四個竹籮的菜擺在街市路邊而已，全家就靠這攤子賺取微薄的生活費。那時，「九年免費教育」尚未實施，拿獎學金升上中學，是莫大的福氣，所以他很珍惜，也很努力。顧客少的時候，他就會把一個空菜籮翻轉，坐在矮凳上，伏在竹籮上做功課。他的努力得到了回報，後來升讀中文大學，之後還做了一間政府津貼中學的校長，成為我們左鄰右里家長口中好孩子的典範。

很多時，小孩子們自己都會做一點小買賣，以賺取一元幾角，作為自己的零用錢或幫補家計。他們把貯起來的一點「利是錢」，到製造糕點的小工場，買一兩底（盤）雪白的白糖糕或黑亮的九層糕，擺放在一個翻轉了的扁平竹籬上，走到附近的徙置區做買賣。他們大聲吆喝著：「白糖倫教糕！」或「爽滑九層糕！」在那六七層的徙置區樓宇「洗樓」。通常身旁還跟著一兩個年幼的弟妹，因為他同時要照料他們。走了幾座樓宇，糕點大多會賣完，就歡天喜地的點數鈔票回家。小弟妹最盼望有一兩塊賣不完的九層糕。因為九層芝麻糕，可以一層一層的掰開來慢慢吃，還可以逐層捲成菲林筒子來吃，為他們增加不少快樂。

讀中學的女孩子，放暑假時便會到工廠去作臨時工。十三歲那年，我也曾經跟著十五歲的姐姐到膠珠廠去「穿珠仔」。那間所謂的工廠，只不過是五六層高的工廠大廈裏的一個小單位，設備簡陋。一進門便是工作間，擺設了幾張長木板拼搭成的簡陋工作枱。工作間裏堆滿了色彩繽紛，形狀可愛的膠珠。我們就靜靜的坐在工作枱前，依著樣版把不同顏色大大小小的珠子串起，大珠之間還要穿一顆小小的水晶珠或金珠，花式很多。當時年紀輕，眼清目明兼手巧，倒也不覺得困難。一邊串珠子一邊聽電台廣播，有粵曲有流行曲，也有瀟湘女士和李我先生的廣播劇，也不覺得辛苦。只是有時「監工」會催促我們快手些，覺得有點壓力。我們一天工作八小時，有時還要加班，加班會有較高的工錢。中午就打開自己帶來的三層飯壺，在工作間吃飯。十足陳寶珠電影中的典型「工廠妹」。

我和姐姐到工廠去作了一個暑假的工人。記得第一次出糧（發薪）時，姐姐買了一斤燒肉回家。媽媽接過我們的工資時，眼泛淚光，是高興孩子懂性了，可以支撐生計了。晚飯時，大家高高興與的一邊吃肉一邊談話，爸媽臉上的皺紋也舒展了不少。

註：白糖倫教糕，白糖糕起源於廣東省佛山市順德區倫教鎮，故以此為名。

# 十九　家庭小工廠

六十年代香港的工業模式是這樣的：大工廠將部分生產程序分發給小型工廠，小型工廠又將部分簡單工序分發給家庭，家庭則動員家中的老弱婦孺，一起進行手作加工。因此，香港有了大量的廉價勞動力，能以低廉的價錢製造大量產品，以價廉物美打進了世界市場。因此，香港的輕工業得以迅速發展。

當年，看到母親弓著腰背著一个沉重的布袋回來，我們都雀躍萬分。這意味著媽媽又成功從工廠領回許多手工，大家可以勤快一點，賺多點錢幫補家用了。

母親領回來的手工，有塑膠花、手襪、膠公仔、糖果、膠珠等等。

一、串膠花：當五彩繽紛的塑膠花從布袋倒出來時，花瓣都是啤在一片薄薄的膠片上的。先要把花瓣撕下，再串到膠莖上。串的時候，先串花蕊，再串花瓣，然後是花萼，最後串葉子。花瓣也有大小之分，先串小的，再串大的，不能弄錯。串膠花不難，只是把花瓣撕下來時，做得久了手指有點痛。完工了，美麗的花兒高高的堆起，我們像睡在花叢裏。大家都十分高興，因為媽媽把膠花送回廠裏，就可以領取工錢了，說不定還會買些糖果餅乾回家來獎勵我們呢。

二、穿手襪：母親帶回來的手襪都是機器織好的，只剩下十個指尖是開口的，須用一點技巧用粗針把它「埋口」。把十個指頭挑好埋了口，成了菊花狀，就完成一對線手套。這個工序女孩子較優為之，男孩子就覺得有點煩悶。

三、油公仔：母親帶回來的是一個個小塑膠「公仔」（洋娃娃）。但「公仔」的眼珠都是白色的，像盲人，很難看。我們就負責替她「點睛」，當時的機器難以做這麼細緻的工作。我們小心翼翼地用黑漆油為「公仔」畫上眼睛。看到一個個「公仔」在我們的手上恢復了生氣，顯得美麗活潑，大家心中都十分高興。

四、包糖果：這是最受我們歡迎的工作，因為可以一邊工作一邊偷吃。糖果是一粒粒橢圓形比玻璃彈珠稍大的廉價朱古力。用一張張彩色的方形錫紙把它包起，就成為一個個小彩蛋。為糖果穿上美麗的服裝也是我們樂意的工作。

五、串珠仔：這是工序較多而工錢也較高的工作，技巧較為複雜，塑膠珠串有不同顏色，不同尺寸之分。有時同一條珠串還夾有不同的顏色和大小。串好後還要小心地釘上扣子。這精細的工作，心靈手巧的大姐姐較為勝任。

至於年紀大的婆婆們，她們眼力不夠，但也不會閒著。她們會接些如剪線頭、摘芽菜等不需太花眼力的工作，也盡力為家庭賺取一點小錢。

剪線頭是把工廠用機器製成的成衣留下的線頭剪去。摘芽菜就是到酒樓領取幾斤綠豆芽回家，用竹筲箕盛著，把豆芽的頭及尾部摘去，剩下中間白潤如玉的一段，稱之為「銀芽」，交回酒家做名貴的菜式。

當時，除了出外上班的精壯成員之外，家中的老弱婦孺，都同心合力，為家中耗盡每一分時間，賺取一點金錢，以幫補家計，應付艱苦的生活。所以，家中狹窄的空間，也會堆了一堆手作，全家齊齊動手作工。成為家庭小工廠。

# 二十　快樂小工場

當時，精壯的人都到工廠上班去了，家中的老幼都投入手作的工業中。那麼，哪裏是他們的工場呢？

常見兩三位白髮斑皤的老婆婆，擔張小矮凳，坐在家門前曬太陽。一邊剪線頭，摘豆芽，一邊絮絮叨叨。大概從盤古初開聊到大清咸豐年再到民國開始也說不定。那街頭巷尾，自家門前，太陽底下便是老人家的工場。

但是，一家大小五六口「工作人員」，他們的工場又設在哪裏呢？家中空間太小了，他們的工場便向外發展。那時徙置區還在興建中，大多數人都住在遠離市中心或大馬路的偏僻角落。我們住的小平房就在山邊。每座平房有十多個間格，每個間格都住著一伙人。門外就是人行的水泥通道。公眾水喉那裏更有一塊很大的水泥鋪的空地，像極了鄉間的曬穀坪。旁邊還有幾棵大樹。人們就把工場設在門外的水泥通道或大樹下。於是，各家的母親們就帶著孩子們擔了矮凳坐在「曬坪」上齊齊開工了。

大人們一邊工作一邊聊著家常，孩子們一邊工作一邊嬉鬧。有時也聽聽大人們說故事。她們的故事中總不忘加點教訓，如「得人恩果千年記，得人花戴萬年香」、「善有善報，惡有惡報，若言未報，時辰未到」之類。

下午兩三點鐘，萬眾期待的時刻來臨——就是賣糖水的何伯來了。他的擔子兩頭就是熱騰騰的糖水，有紅豆沙、綠豆沙和芝麻糊，還可以「兩溝」：一半紅豆沙一半綠豆沙或芝麻糊之類。因為正在做賺錢的工作，母親們也不吝花個小錢買兩碗糖水給孩子們分著吃。賣麵包的李叔又托著一籃麵包來了，有菠蘿包、雞尾包和奶油包，一角五分兩個。他是個「神剪手」。媽媽買了兩個之後，他拿出了大剪刀，看看我們有多少個兄弟姊妹就剪開多少份，份份都差不多，十分公平。所以，這小工場也給我們提供不少歡樂的時光，有吃有玩嘛。

最令我印象深刻的是寒冬夜裏到籐器工場聽收音機廣播了。那個時代，別說電視，連收音機也是稀罕之物，不是家家有的。我家附近有間籐器鋪，他們把工場設在門外的空地上，日夜開工。有的叔叔把籐條削開磨滑，編織成各種竹籃、果碟、帽子、椅子和動物模型等。有的在做木雕，雕成一個個觀音菩薩像。晚上，鋪前大光燈亮著，收音機大聲響著，人聲鼎沸。當時的廣播電台是麗的呼聲。叔叔們一邊工作一邊聽廣播。日間是粵曲和李我的播音劇，晚間則有孩子們又愛聽又怕聽的鬼故事。

到晚上十時許，寒風中隱約飄來「夜半奇談……夜半奇談……」的廣播聲，我們便蠢蠢欲動，拿了點手作，告訴母親到籐器鋪前「開工」。母親也不會制止我們這不多的一點娛樂，於是我們便呼嘯而去。

籐器鋪的老闆和工友都很和氣，看見我們這群淘氣鬼都只是笑笑或者和我們開句玩笑。我們在旁邊放下小矮凳，一邊做手作一邊聽鬼故事。我還記得其中一個小故事，是說一個賣西瓜小販的。他擺賣著一籮西瓜，大聲嚷著：「好靚西瓜呀，包紅包甜，唔紅唔甜唔收錢！」叫賣聲吸引了一個顧客。顧客說：「我要一個又紅又甜的，你把西瓜切開兩邊給我看看！」小販說：「冇問題！」但多個西瓜都被斬開了後，仍是淡紅色的，那顧客仍不滿意。眼看滿籮西瓜都被切開了，那小販不但血本無歸，而且心中有氣，便說：「好了！這個包紅了！」說罷就一刀把自己的頭砍下，鮮紅的血立刻噴出。聽到這裏，孩子們都嘩然驚叫。那廣播劇的故事和背景音樂都極其恐怖，我們聽得毛骨聳然。直到散場音樂響起，大家便冒著寒風，拿著小凳飛奔回家，一頭鑽進溫暖的被窩裏。

那個時代，生活艱辛困苦，但辛酸都是大人們扛著，孩子們總有粗菜白飯飽肚。而鄰居的孩子都是一樣的窮困，也無從比較，所以也不覺得特別的吃苦，小心靈亦特別容易滿足。有時反而從困苦中找到一點樂趣，長大後也造就了獅子山下勤奮樂觀，迎難而上的精神。

# 第四章　街頭巷尾

# 二十一　市聲

六十年代，街道上汽車不多，街頭巷尾，更是寧靜，只有小販叫賣的聲音激蕩著午間小巷的空寂。那悠長而帶點蒼涼的韻味，牽惹著童年的回憶。

「收買爛銅爛鐵……收買爛銅爛鐵……」收買佬擔著一副竹籮搖搖晃晃的來了。這是歡樂的呼喚。因為家家戶戶的小孩聽到收買佬的呼喚，都會探頭探腦，從家中床下桌下，找出一個玻璃瓶或月餅盒、煙仔嘜之類，向收買佬奔去。就算換不了幾個小錢，收買佬也會打開他盛麥牙糖的小盅，用一枝長竹簽，從盅裹挑出一團麥芽糖，再在兩邊黏上梳打餅遞給我們。那鬆脆的餅乾混著麥芽糖的香甜，是當年的美食。

「衣裳竹……衣裳竹……」那如竹竿一樣的高瘦小伙子扛著長長的一綑竹竿來了。那綑長長的竹竿會不會在小巷轉彎時被牆壁卡往了呢？這是當年我那小小的腦袋常常擔心的事。幸好這情景始終也沒有發生過。只有一兩個師奶、大嬸從小屋裹走出來，用手撫摸著那平滑的竹竿和他議價。

「咚咚篤咚咚」，那搖著貨郎鼓的也背著籮筐走來了。他賣的是甚麼？是針線、鈕扣、絲帶、橡筋、梳子、髮夾之類，雖是小小的籮筐，也整整齊齊的擺滿許多瑣碎之物，倒也色彩繽紛，吸引不少大姐姐觀看。媽媽也常拿著那些

飛機欖
童年時於家中每聽到熟悉之小笛聲便會滿心歡喜地奔出
露台
便會抛上一包有三粒甘草欖之小包雖家住頂層仍每每欖無虛
發非經苦練不能為也飛機欖之名亦由此起惜今已式微
再難復見矣
欖
咳止痰化

貨品細細研究。

「*鏟刀磨鉸剪*……鏟刀磨鉸剪……」那滿頭白髮的老伯伯也擔著擔子來了。他接了生意，就放下擔子，拿出一張縛上磨刀石的小板凳，把一瓶水放在一旁，飛快的賣力的把刀打磨起來。他的生意很不錯，因為每隔一段日子，母親們就會把菜刀交給他打磨。「公欲善其事，必先利其器」嘛！接過了打磨得明晃晃的刀或剪，主婦們都心滿意足的返回家門。

最吸引小孩子的，就是那「噹噹噹」的敲擊鐵盤聲和「的的打」的嗩吶聲了。

那敲響鐵盤的大叔是*賣噹噹糖的*。噹噹糖的製法簡單，媽媽說就是在煮熔了的紅糖膠中加入薑汁，攪拌均勻，半凝固時把它用力拉扯多次，再盤在鐵盤中待它冷凝，就製成好味的薑汁糖。賣的時候就用鑿子槌子把它鑿開。當時，小孩子都喜歡它，因為它價錢便宜又耐吃。

**← 飛機欖**

童年時，於家中每聽到熟悉之小笛聲，便會滿心歡喜地奔出露台，因知有飛機欖吃也！只須拋下五仙硬幣，樓下之賣欖叔叔便會扔上一粒內有三顆甘草欖之小包，雖家住頂樓，仍每每欖無虛發！非經苦練不能爲也。飛機欖之名，亦由此起，惜今已式微，再難復見矣。

「的的打……的的打……」聽到那一陣陣嗩吶聲，孩子們便會追逐著那**賣飛機欖**的老伯跑，看他表演他的「絕活」。那老伯一枝嗩吶走天涯。他頭戴一頂小小的兩頭尖的帽子，胸前掛著一個綠色的也是兩頭尖的欖形鐵皮筒，裏面就盛滿飛機欖。聽媽媽說這是用新鮮白欖（橄欖）加甘草和鹽醃製成的，可保存得很久。老伯把三粒飛機欖包成一小包，記憶中像是賣一角錢一包。那時一般住宅樓層不高，只有三四層。那一層樓有人買欖，老伯就會一邊唱「飛機欖，飛上你天棚。」一邊用力一拋，不偏不倚，飛機欖就會飛送到那戶人家屋內，人家就會把錢拋下來，老伯從不失手。小孩子們便拍手叫好。

最有趣的，就是看一位白髮蒼蒼的老伯逐家逐戶的「唱龍舟」了。他手持上面有木雕龍舟的杖，胸前掛著小鑼小鼓。那木雕龍舟很精緻，舟上彩旗飄飄，還有幾對正在扒龍舟的小人兒。他走到人家門前，便敲起小鑼小鼓，唱道：「龍舟舟，出街遊，姊妹行埋莫打鬥，封封利是壓龍頭。」通常，媽媽都會賞他幾個小錢。

那時，適逢第二次大戰後，百物蕭條，又大批大陸人民來港，很多都是沒甚麼高學歷和技能的，就算不少有高學歷的人也不容易找到工作。沿街叫賣的小販行業就提供了一條養妻活兒的出路。

# 二十二　街市

從前香港的菜市場，我們叫它做街市。蔬菜魚肉雞鴨等都是分開一個個攤檔擺賣的。不像現在的連鎖超級市場——把各種東西都包裝好，無論蔬菜魚肉雞鴨，調味品和日常用品等，都可在同一間商店內買到。

六十年代的街市十分熱鬧。一到買餸的時段，師奶、大姑、阿叔、傭人等，都提著菜籃子到街市去，天天買回新鮮的魚肉菜蔬。那時我也愛跟著媽媽去買菜。

還未進入有蓋的街市，路邊一兩個街段就擺滿了攤檔。有魚有蔬菜有水果等，還有賣廉價的衣服玩具和拖鞋的。那買魚的小販用小盤盛著水，幾條小魚就在盤中游動。有泥鯭、撻沙、石狗公等。（石狗公貌似小小的石斑，但身價十分低廉。所以廣東人說某人是「石狗公」，就是說他冒充大班，冒充有權勢的人。）還有黃鱔、黃沙大蜆和三星蟹等。都在盤中撲撲亂跳，沙沙亂爬。很吸引人想買來嘗個鮮。那些賣菜蔬的，小扎小扎的擺賣，說是剛從新界地裏割來的，還是水珠滴滴，十分新鮮。旁邊還有幾個金黃的樹上熟木瓜，和香噴噴的番石榴，幾梳大蕉，一束艷紅的荔枝和幾扎黃澄澄的龍眼等，都躺在一塊碧綠的大芭蕉葉上，單是顏色就夠怡人的了。

隨著媽媽進入有蓋的市場，裏面分開幾條長長的巷子。有賣魚的一列，有賣雞鴨的一列，有賣蔬菜的，也有賣水果的……

賣魚的小販，從大水盆中撈出鮮蹦亂跳的大魚或者鯇魚，快刀把它們剖開兩半，除去腸臟，切成幾塊，就擺在面前的攤上售賣。那些剖開的魚兒，魚鰓還在開合 。在紅色的大燈照射下，魚肉更顯得晶瑩鮮明。有時魚販們還把剛剖開的大魚魚血灑在那擺賣久了的魚塊上，佯作是剛剖開的新鮮的樣子。你看到那顏色像蛇一樣的魚兒嗎？那就是生魚。媽媽愛買一條來煲西洋菜湯。魚販接過生魚，便把牠往地上擲去，讓魚兒昏過去才能劏開， 因為魚兒實在跳躍得太厲害了，無法下刀。所以廣東人又把失足跌倒在地上叫做「撻生魚」。

售賣雞鴨的攤檔旁邊擺著一兩個大竹籠。那些雞兒便在籠中咯咯亂叫，撲翅飛騰。師奶們火眼金睛盯著籠中的雞兒，看對眼了，便快速伸手入籠中把目標手到擒來。 然後撥開雞尾的毛，向雞屁股用力的吹氣。為的是什麼？媽媽說：買雞時要看清楚雞的屁股，如果屁股孔是大的，就是生過蛋的母雞，只可用來煲湯。做白切雞、豉油雞、蒸雞等菜式，就要揀屁股小的，未生過蛋的嫩雞，才會骨軟肉滑。師奶們用力朝雞屁股吹，就是想看清楚是老雞抑或嫩雞的緣故。

那蔬菜攤子上種類繁多，有本地出產的菜心、白菜、芥菜、生菜、芥蘭、茄子、豆角、青瓜、苦瓜、冬瓜、黃瓜等。還有外來的西蘭花、椰菜花、紅蘿蔔、西生菜、荷蘭豆（豌豆）、蕃茄、薯仔、洋蔥等。小販不時在菜上灑點水，看來水珠滴滴，賣相新鮮。

販賣豆腐的攤檔總是令人心情寧靜舒暢。因為很多貨品都是靜靜地躺在水裏，如大豆芽，綠豆芽，和那一磚磚的滑豆腐。那板豆腐雖然不是浸在水中，但也是躺平在木板上，你要多少塊，小販就用薄薄的鋼片切開給你送上。所有貨品都毫不張揚，非常內斂。媽媽買芽菜的時候，小販從水中撈起，那淙淙水聲就是音樂，在盛暑裏給你帶來一脈清涼。

離開了魚腥味和雞鴨味重的攤檔，來到售賣水果的檔攤前，那裏又是另外一番天地，因為充滿了果香：芒果、木瓜、香蕉、蘋果、番石榴、橙、草莓等、都散發出不同的誘人的香味。還有艷紅的荔枝和黃澄澄的龍眼，更令人對那晶瑩的果肉產生遐想。

街市的盡頭還有雜貨店。各種豆類：紅豆、綠豆、黃豆、眉豆等，和各種大米：絲苗米、香米、糯米等，都是一大桶一大桶的盛著。你要多少就給你秤多少。買米也不是在現在五磅十磅的用膠袋包裝。那時小戶人家買米，都只是三斤兩斤，用報紙包成三角形，小心翼翼的捧回家裏去。雜貨店也售賣雞蛋、鴨蛋、鹹蛋、皮蛋等。 擺放雞蛋的木格上總是吊著一個燈泡，好讓買蛋的顧客挑選。師奶、

以前揀雞有竅妙
係睇屎股翹唔翹
見佢冇毛嘅怪樣
笑到阿嬌都認不了

金湯鷹寫
二〇一六年秋香港

大媽們很有經驗，她們把雞蛋在燈光下一晃，就可以透視裏面的雞蛋是否新鮮，真是神奇！媽媽也是個中能手。現在售賣雞蛋都是一盒盒的包裝好，而且科技進步，可以保持冷藏的溫度，壞蛋的出現十分罕見。師奶們的選蛋神功就無用武之地了。

# 二十三　街頭表演

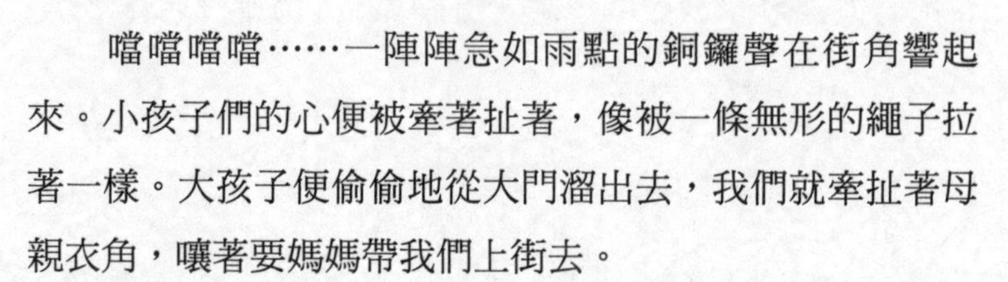

噹噹噹噹……一陣陣急如雨點的銅鑼聲在街角響起來。小孩子們的心便被牽著扯著，像被一條無形的繩子拉著一樣。大孩子便偷偷地從大門溜出去，我們就牽扯著母親衣角，嚷著要媽媽帶我們上街去。

什麼有這樣的吸引力呢？原來是街頭老伯的猴戲表演，也就是香港人口中的「馬騮戲」。

一隻小猴子蹲在老伯伯的肩上，圓眼睛滴溜溜的向四方打量。老伯伯頭髮花白，滿臉風霜，個子精瘦。那猴子也是瘦瘦的，臉上的皺紋也不比老伯伯少，睜著一對精靈的眼睛，環顧著四周的遊人。

老伯伯背著一個木箱子，裏面承載著他的家當：猴子的戲服、面具、頭冠、披風及表演的用具。

小猴子機靈得很，沿著場子走。老伯伯敲一下鑼，他便躍高翻一個筋斗，四周的人便高叫一聲「好」！圍觀的人越來越多了：多是小孩子，也有不少成人。遲來的孩子看不到表演，便從大人的屁股旁邊鑽進來。我們幾姊弟很幸運，隨著媽媽鑽到最前一排。

猴戲表演開始了，小猴子用兩根木棍踩著高蹺，環著場走幾個圈，雖然是踩著高蹺，走得也十分利索。跟著是表演跳高。老伯伯舉起一條藤條，猴子便小跑幾步跳過去，藤條越抬越高，猴子也越跳越高，後來簡直是飛躍而過了。大人小孩都驚奇得鼓起掌來。

跟著還有更精彩的表演。猴子戴著面具，穿上戲服，披上披肩，頭上戴著珠冠。一會兒是玉皇大帝，一會兒是黑臉張飛，一會兒是紅臉關公，一會兒是美猴王孫悟空，還拿著金剛棒，大關刀等，隨著鑼聲舞耍起來。老伯伯敲一聲鑼，小猴子便變換一個招式。精靈古怪的趣緻模樣，惹得大人小孩都哈哈大笑。

最後，表演完畢，精靈的小猴子便托著空盒子繞著場走，向圍觀者討賞錢。大人們心滿意足的看完表演後，都不吝嗇給這可愛的小猴子賞幾個零錢。我們小孩子沒有錢，便偷偷的溜走了。多年之後，我才曉得這老伯伯一直都在街頭做猴戲表演，這隻精靈的猴子叫「金鷹」。

有時，街道上傳來一陣悠揚的絲竹聲。原來是幾位盲者，坐在矮凳上，在街頭上演奏音樂。有一位婦人敲著蝴蝶琴。她人盲心靈，奏得有板有眼。有一位老者拉著二胡，琴聲如水流淌。還有兩三位盲者：有的吹簫，有的弄笛，有的玩著月琴。他們彈奏的都是大眾熟悉的調子。但是不知為什麼，盲者的臉上總是流露著悲苦的神色，連奏出來的音樂都帶著絲絲蒼涼。我問媽媽為甚麼他們奏音樂時都這樣不開心？媽媽反問我說：「他們已經看不見東西了，還要為籌謀每天的口糧擔心，能高興起來嗎？」我們聽了

丙申猴秊新春將兒時街頭馬騮戲乃揮一筆寫之

金鴻

都十分難過，把第二天的早餐錢都送給他們了，也希望在寒風中為生活奔走的行人，匆匆經過時也會在盲者面前的空盒拋下一些零錢。

當年還有「心口碎大石」的街頭表演。一個小伙子仰臥在地面，胸前放著一塊木板，板上放著磚塊。當他鼓起肌肉，作好準備時，旁邊的老者便用大錘子使勁槌下去，把小伙子胸前的磚頭敲碎。他們就是藉此向圍觀的人討賞錢的。我不愛看這種表演，不單因為這表演沒有什麼趣味，而且我也替那躺著的小伙子難受，那連磚頭都敲碎的重錘擊下，他不痛嗎？

此外，在廟街街頭和新填地的「平民夜總會」，那裏還有街頭的歌藝表演。歌者多是年輕或中年的女士。有唱流行曲的，也有唱粵曲的。唱得也十分動聽。但是當我和媽媽經過時，只是匆匆一瞥。媽媽說坐下欣賞的都是老顧客，要給很多賞錢的。

在六十、七十年代，街頭經常可以看到這些表演。但到了今天，繁盛的街道，匆忙的行人，嚴格的社區管理，生活水準的提高，這些街頭賣藝人已經很少出現了。

← 街頭馬騮戲

# 二十四　吹波糖和麵粉人

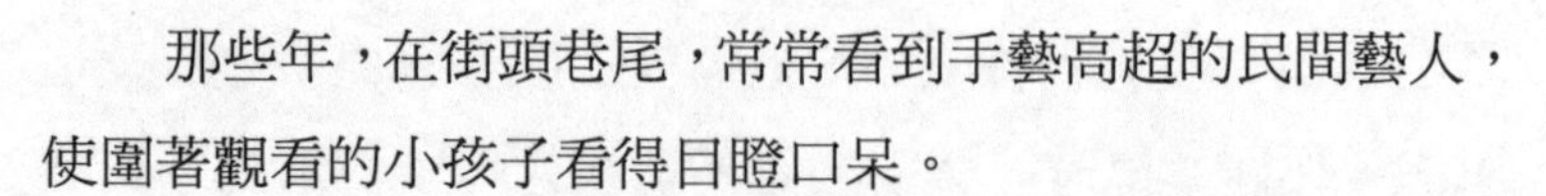

那些年，在街頭巷尾，常常看到手藝高超的民間藝人，使圍著觀看的小孩子看得目瞪口呆。

捏「麵粉公仔」的老伯便是其中一位。他捏的公仔有人物，也有動物。有梁山泊一百零八個好漢，也有《三國演義》的劉備、關公、張飛、呂布、周瑜和趙子龍；還有《西遊記》的孫悟空、朱八戒、沙和尚和唐三藏。女性的較少，但也有《紅樓夢》中的黛玉、王熙鳳和劉姥姥，還有彩帶飄飄的嫦娥奔月，個個都栩栩如生。

老伯用的材料並不複雜，不外是麵粉、糯米粉加上顏料。工具也只是長竹簽和一把小竹刀。他先用一小團麵粉在竹簽上捏上人形，然後再把竹簽上的麵粉用手指捏捏、搓搓，輕輕揉揉，一個男身或女身就成形了。再加上顏色麵粉，用小竹刀這裏切一點，那裏刻一些，那戰袍或衣裳也出來了。再用竹刀挑一點色粉粘上手腳及髮飾。然後是最細緻的工作：用色粉加上眉毛、眼珠和嘴巴，最後，用刀尖在臉上刻上表情——喜怒哀樂。之後，把他的作品插在面前的小木櫃上，一位位英雄美女彷彿從天而降，神采飛揚的站在我們面前。圍觀的小朋友都看得入了神。就算是沒錢買一個回家細賞，看了這半天也是樂事一宗。一團麵粉在街頭藝人手上竟然能變成一個個藝術品，真令人讚歎！

賣「吹波公仔」的小攤檔也是引人入勝的。那小販把麥芽糖加熱溶成糖膠，然後用筷子或竹簽蘸上一團，再用吹、拉、捏的技巧製成一幅幅平面的糖畫，或一個個立體的糖公仔。製成品有人物、動物和花鳥。成形後插上小櫃待它冷卻便可售賣。孩子們滿有趣味的看著小販吹糖公仔，一點也沒有不耐煩，因為那時沒有超合金機械人和手機玩呀！

「吹糖公仔」和「麵粉公仔」不同，麵粉公仔勝在精緻，顏色豐富，栩栩如生，可放在家中慢慢欣賞。吹糖公仔雖然顏色單調，手工較粗糙，但可以吃，我們把它拿在手中玩賞夠了，就把它放入口中，輕輕咬下，欣賞它的甜脆。

還有一些好看的街頭小工藝，如剪紙。剪紙有平面的，也有立體的。平面的多用大紅色紙剪成，有龍有鳳，有荷花、梅花還有牡丹花，也有剪成各種吉祥的字體。把剪紙放在白紙上，那圖案便顯現出來，十分好看。那立體的剪紙多是燈籠。小販叔叔把摺疊成多層的彩紙剪好了，就在兩邊粘上附有竹簽的硬紙片。把它摺疊起來就是平面的，但當你把硬紙片向相反的方向張開再疊在一起，一個個不同形狀的小燈籠，或者一隻隻立體的小動物就會出現在你的眼前，真神奇！媽媽曾經買了一隻立體摺紙小公雞給我們玩，我們把它插在窗前，賞玩了很久。

# 麵粉公仔

猶記五六十年代
在香港街頭常見擺
賣一種孩童玩意乃
以各種顏色麵粉搓
捏成不同造型之人物
及動物神態生
動且惟肖惟妙
乃一[illegible]常[illegible]物之
街頭藝術也惜
今已失傳久矣
金鴻寫於
己亥年七
月溫哥華

# 二十五　飛髮佬、寫信佬和補鞋佬

當年，在街上擺攤子替人理髮、寫信和補鞋的多是中年或以上的男士。廣東人稱中年的男士為「佬」，所以我們就叫他們為「飛髮佬」、「寫信佬」和「補鞋佬」了。

**飛髮佬**的「檔口」是小孩子又愛又恨的地方。何解？因為飛髮佬手持的三樣「搵食架撐」（謀生的工具）——髮鏟、風筒和髮臘都是小孩子心目中的怪獸。那把髮鏟在髮根上「鏟青」的時候，不知道因為那工具太老舊了、太鈍了還是怎麼的，不像是在鏟髮而是像在「拔毛」，真痛！那鐵風筒的溫度又超高，一陣熱風吹過就像一隻銀龍在噴火，真害怕頭皮會被它燒焦。還有，有時阿媽說要「去飲」請師傅替孩子「吹波」。為了使頭上那「騎樓」不至坍倒，理髮師傅便在髮上搽上許多髮臘。那怪怪的味道也不好受。所以飛髮檔是小孩子的煉獄，是阿媽逼著才會去的。坐在那理髮椅上就像上刑場，孩子們總是左閃右避，不得安寧。但那裏又藏著吸引小孩子的東西——公仔書（小人書）。

← 麵粉公仔

擺在飛髮椅旁總有一紙皮箱的公仔書，輪候理髮的時候可以免費翻看。在紙皮箱裏總會找到你喜愛的一本。這就像喝苦茶時附送的一小包山楂餅，送給你苦中一點甜。

**寫信佬**本來和小孩子沒有甚麼瓜葛，但我家樓梯口就有一檔，出入經過都相見，所以印象深刻。樓梯口的寫信佬叫陳伯，一頭斑白的短髮，夏天穿著一件白汗衣或短袖「的確涼」（一種化學纖維所製的夏天衣料）。陳伯是我最佩服的人，因為他懂四種語言：英文、廣東話、國語和台山話。他用一張大大的紙皮板寫上他的業務——來往書信、龍鳳禮帖、對聯帖式、申請牌照、各種文件，還有詳解靈簽。他的攤檔很簡單，一張鐵架支起的小方桌，上面用方尺壓著紙筆墨。他坐在小方桌後面書寫，桌前的小圓

椅子就坐著他的顧客。

陳伯的顧客多是女的，有中年的師奶，也有老年的婆婆。當時生活艱苦，很多青壯男子便要離鄉別井，飄洋過海，到美洲大陸或南洋一帶工作。師奶們懷念之情要對丈夫傾訴，婆婆也有許多說話要向遊子叮嚀，陳伯就成為他們的橋樑，細心聆聽她們的傾訴，代她們把思念化成文字傳送到遠方。

有時，說著說著，女客們哭了，陳伯也陪著唏噓，勸慰一番。他的男客較少，多是找他填寫英文表格或寫喜帖或寫招牌大字。爸爸稱陳伯為「平民秘書」，他真是當之無愧。

街角常常傳來「噗噗噗噗」槌子敲在皮革上的聲音，那就是仲叔的**補鞋檔**了。那時物質缺乏，我們一對皮鞋就要穿上一年，平常日子多是穿「白飯魚」（馮強牌的白膠鞋）。大人們也是一對皮鞋穿很久很久。鞋子前邊裂開口子了，鞋子後跟磨蝕了，我們都把它往仲叔那邊送。

我最愛坐在他檔口前的小板凳上等待，和他平起平坐，看著他工作。他彎著腰，低著頭，認真的工作著，把皮鞋裂開的口子用粗麻線扯緊，磨蝕的後跟打上一個鐵鞋碼，修補好後，細心的檢查一番，然後搽上鞋油。用一塊絨布扯抹一陣，一雙破舊的皮鞋就閃亮亮的出現在你的眼前，我就歡天喜地的提著這對「新」皮鞋回家去。

# 二十六　公仔書檔、梳頭檔和畫藝檔

在街頭巷尾擺設的，公仔書（小人書）檔、梳頭檔和畫藝檔都是當年常見的。

**公仔書檔**是孩子們最嚮往的地方，堪稱街頭圖書館。那檔口其實非常簡陋。兩三箱公仔書放著，幾張小板凳擺著。牆上張貼著兩三張厚雞皮紙，上面整整齊齊的貼上公仔書的封面。有的還寫上編號，以方便檔主尋找。公仔書的封面是彩色的，內頁插圖多是黑白的，但繪圖卻十分精美。內容大多是中國的古典小說或民間傳奇。甚麼《三國演義》、《水滸傳》、《西遊記》、《鏡花緣》、《包公奇案》、《拍案驚奇》、《紅樓夢》等等。小孩子花幾個仙，就可坐在小板凳上，聚精會神的到中國的古典故事世界走一回。化身為武松打虎，或是桃園三結義的兄弟，或是美猴王三打白骨精，或是聰明智慧的包公等等。回家途中，大家還是回味不已。

**梳頭絞面檔**和小孩子們沒有甚麼關係，充其量是陪婆婆嬤嬤，或者媽媽去光顧。我曾陪鄰居那替人家做傭工的蘭姑去光顧，雖然只是靜靜地坐在一旁，但卻覺得有趣得很。

梳頭婆（檔主）打開了一張小摺方桌，上面放著一兩個月餅盒，裏面整整齊齊的擺放著她的工具：木梳子、密齒竹篦、絞面棉線、骨簪、剪刀、小鏡子和一塊鵝蛋形的七姐粉。旁邊還放著一個小盅或一碗「刨花水」（一種用樺木刨花浸成的膠質液體，作頭髮定型之用，梳髻或辮子都要用它，梳好後烏亮閃光）。

看著梳頭婆一絲不苟地把蘭姑的長髮梳得順溜光滑，然後編成長辮子，再盤成髮髻，十分整齊好看。編好後，用七姐粉把蘭姑的臉塗成殭屍一樣蒼白，就開始絞臉了。她用右手拇指，左手拇指和食指扯緊成三角形，就開始拔除臉上、額上微細的汗毛，連背後頸上的細毛也不放過，專業得很。完工後，抹去白粉，再修飾眉毛。蘭姑離去時就是容光煥發，鬢髮整齊，煥然一新了。她說明天「事頭婆」（僱主）嫁女，她整理好臉容，換套新衣去幫手就很大方得體了。

擺設**畫藝檔**的人多是較為年青的人，不知是否國內藝專的學生南下。他們把一張張的作品——多是人像，掛在街頭牆上。有本地明星，荷里活明星，或衣冠楚楚的名媛紳士，或尋常百姓家的公公婆婆。有黑白素描的也有彩色的。牆上擺滿了就鋪在地下，好讓人們欣賞到他的畫藝前來幫襯。顧客只要把相片放下，到約定的時間來領取，一張很有生氣的畫像就完成。爸爸說很多人是拿了先人的相片來請他畫成畫像，掛在廳中以作紀念的。還有一些專門

路街睇公仔書的日子

金湾寫於二〇一八

替人家剪影的，你光顧他，就坐在凳子上，他就用黑色絨紙把你的側面影子剪下來，用白底紙襯著交給你。

那個時代，沒有綜援，沒有老人生活津貼。人們就用自己的知識，自己的手藝，自己的勞力，去賺取微薄的報酬，養活自己的一家數口，努力地活著，如石縫裏的草，頑強地生存，這就是香港的獅子山精神吧！

# 二十七　多功能的涼茶鋪

涼茶鋪盛行於五十、六十年代，街頭巷尾隨處可見。一般都是店前左右設置兩個大櫃枱，上面鋪嵌著白瓷磚。櫃枱上擺著兩個大銅葫蘆壺子，裏面盛著廿四味涼茶和五花茶。一苦一甜，成為鎮店之寶。此外還有火麻仁、銀菊露等，後來還加上龜苓糕。

為了應付來往匆匆的行人，櫃枱上往往擺著十來碗攤凍（放涼）了的涼茶，用小小的一塊玻璃蓋著，以阻擋馬路上揚起的灰塵，有的店鋪是用高身玻璃杯盛載涼茶的，一樣蓋上一塊玻璃片。那些在烈日下為口奔馳的小市民，途經此地，花五仙買一碗涼茶，喝下去透心清涼，舒緩了疲渴的身心，又繼續為生計拼搏了。

那兩個大銅葫蘆給我印象最深，壺身擦得晶亮，閃閃發光，有三四歲小孩的高度。有些比較考究的店鋪，銅壺的出水口還雕成一個金龍頭。媽媽說葫蘆可以辟邪，百毒不侵，所以成為涼茶鋪的標誌。

當年涼茶店為甚麼這樣受歡迎呢？因為那時謀生不易，一般市民都省吃儉用，去看醫生一元幾角都嫌多，所以號稱「一茶除百病」的涼茶，有舒緩身體不適的功能，就成為全城熱捧了。涼茶鋪的牆壁大字寫著：「足料廿四味，可治盛暑頭暈身熱，痾嘔肚痛，四時感冒，傷風鼻塞，虛熱牙痛，喉痛口爛，山嵐瘴氣，水土不服。常服百病不侵。」你看，真神奇！幾乎你想得出的日常病痛它都可對付，那能不受歡迎？

在那個物質困乏的年代，涼茶鋪還肩負了娛樂、消閒及社交的功能。

店主在店內安裝了一台麗的映聲（當時唯一的電視台，要收費的，一般小市民負擔不起）。喝涼茶的就可坐在店內欣賞。有生意眼的小店，還會擺幾張凳仔在電視前，讓附近的小童進來看電視，每人收費一仙。一眾街童，便排排坐著靜心欣賞。有時看到興奮處，便如馬場中人，齊齊高聲喝采吵嚷。但只要店員大喝一聲：「邊個嘈趕邊個出去！」一時間便鴉雀無聲。

有的涼茶鋪在店門前安裝了一台電唱機，只要放入一些零錢，就可以點播一些歐西流行歌曲。一時間，《Whatever Will Be Will Be》、《Changing Partner》和《The Wedding》等等歌聲響徹街頭巷尾。一些新潮的年青人，圍在店外，聽得如癡如醉，甚至「扭身扭勢」，跳起舞來。人們稱之為「飛仔飛女」。

於是，老年人午間到涼茶鋪喝涼茶、嘆報紙；小孩子到涼茶鋪看電視；青少年男女傍晚相約到涼茶店聚會，聊天交誼，投銀點唱，成為一時風尚。

# 二十八　坐著老神仙關著山精靈的藥材鋪

五十、六十年代的小市民，都不作興看西醫。除非「大件事」，十分嚴重甚至要開刀，才看西醫或進醫院。因為當年看西醫的費用對升斗小市民來說，是一筆沉重的負擔。一般的小病小痛，都是喝碗涼茶，或到藥材鋪看中醫，甚至憑自己的經驗到藥材鋪「執番幾味」（買些藥材），煲一兩劑苦茶以應付。

當年的**藥材鋪**，店內都坐著一位中醫師。這些中醫師又多是老人家，有些還留著一撮白鬍子，端坐店中，在我看來就像一位懸壺濟世的老神仙。大概年紀越大，代表經驗越多。所以老醫師很受歡迎。有些中年的醫師，怕年紀輕得不到別人的信任，所以背後的鏡框上都寫著「xx 授男」或「xx 授徒」，以增加別人的信心。

看病的時候，媽媽拖著我走到「老神仙」面前坐下。老神仙慈祥可親，替我把脈，又叫我伸出舌頭，或張開喉嚨給他看看，跟著提起毛筆，龍飛鳳舞的寫下一串藥名，跟著，媽媽便拿著藥單帶著我走到藥櫃前。

藥材鋪的伙計真棒，連媽媽也看不懂的藥單他們也了然於胸，手腳俐落的打開身後的百子櫃，小心翼翼的把藥材拿出來，放在一把小小的秤上，瞇著老花眼認真的秤著。他們用的小秤子跟菜市場大媽用的大秤相映成趣。秤好了就一份一份的把藥倒在一張張攤開了的用戒尺壓著的四方白紙上。秤完了還細心的逐一檢視，看看每包藥的份量是否合適無誤，有沒有漏放了一些，然後才放心地交給顧客。

當他們秤藥時，我總是望著百子櫃發呆。那嵌在牆上一格一格的精緻小櫃，究竟有多少格？媽媽說每個格子都放著一種或兩種從山上採來的草藥。櫃上寫著許多有趣的名字：甚麼半枝蓮、海麻雀、益母草、雞骨草、仙草、地龍乾、冬蟲草、龜板、金銀花、甘草、紅花、崩大碗等等。我呆呆的想著：到了半夜，人們都睡著了，這些從山上採來的被拘禁久了的小精靈，會不會偷偷的溜出來，在店中舉行聯歡會，大跳大嚷，享受片刻的自由呢？

秤好了藥，老伙計便會從櫃後伸長脖子，低下頭來，溫柔地說：「細路女，你要乜嘢『送口』呢？山楂餅？提子乾抑或陳皮梅？」由我作主？這真是一個難得的機會。當年，能讓小孩子「話事」（拿主意）的機會實在很少。我甚至為這個難得的機會躊躇了好一會。

那慈祥的白鬍子「老神仙」，店子裏瀰漫著的山草藥氣味，那神秘的百子櫃，「篤篤噹噹、篤篤噹噹」的舂藥聲，提子乾的清甜，山楂餅的微酸和陳皮梅的甜膩，都成了鮮明的童年回憶。

註：送口，吃一些甜食，中和喝苦藥的苦澀味。

# 二十九　充滿喜樂與詭異的紙紮鋪

紙紮鋪也是童年時代令我迷惑的一道風景，因為它有時充滿了歡樂，更多時充滿了詭異。

臨近中秋節的時候，店內店外都掛滿了各式各款、七彩繽紛的紙紮燈籠，充滿了節日的氣氛。掛在店外的有楊桃燈、蝴蝶燈、金魚燈、鯉魚燈、飛機燈和火箭燈；地上擺著的有兔仔燈、狗仔燈、坦克車燈、鹹蛋超人燈；店內掛著的還有精緻的傳統走馬燈。著了電源，燈上的戲便一齣一齣的上演，永遠演不完，看得小孩子們眼睛都累了。

那時，媽媽花不起錢給我們四兄弟姊妹各買一個手紮燈籠，大節當前，也只是買幾個最廉價的紙摺燈籠給我們玩玩，是像手風琴一樣可以拉起摺回的那種。有一年，可能家境較好，她經不起我們苦苦央求，給我們每人買了一個紙紮燈籠，我選中的是一個會擺尾的金魚燈。點上蠟燭，魚尾輕擺，金光閃閃，漂亮極了。中秋節那晚，我滿心歡喜的玩了半晚。忽然一陣清風吹來，把燭火吹歪了，燈籠燒毀了，成為我童年時的一宗大憾事。

七月七日七姐誕時跟媽媽到紙紮鋪去也是蠻有趣的。媽媽要買一個七姐盤拜七姐。她會細數盤裏的物品：針指盒、胭脂水粉、梳子、鏡子、七姐衣物、鞋子等等。她一樣一樣的數，我跟著一樣一樣的看。那些物品紮作得十分精緻。我常常想：那麼多人燒衣紙給七姐，她哪裏會穿得完？

新年時，紙紮鋪內也是充滿歡樂。那裏掛滿了大紅灑金的春聯、揮春、剪紙、利是封，擺著笑嘻嘻的大頭佛，威武萬分的獅頭。記得有一個新年，鄰家媽媽從紙紮鋪買了一個小獅頭給強仔。他可威風了，舞著獅頭由街頭跑到街尾，後面跟著一群小童咚咚鏘鏘的嚷著，十分快樂。他簡直成為眾街童心目中的英雄了。

不過，尋常日子，紙紮鋪是售賣金銀衣紙、元寶香燭、紙紮用品和佛具的地方，很多用品都是用來拜祭先人的。拜祭這回事，總會令小孩子想起到了另一個世界的先人，心中總有一點恐懼。何況，店內常常擺著大戶人家訂製的紙紮用品，如金銀仙橋、花園別墅、金童玉女等等，有點陰森可怖。那金童玉女永遠穿著過時的男僕女僕衣服，他們那對眼睛永遠死死的盯著你，彷彿你走到哪裏他們都會跟到哪裏，令小孩子們好生害怕。

但那些大型紙紮品被推出店外時，大家又忍不住上前觀看。那金橋銀橋說是通往陰間的，總覺得有點陰森。那紙紮花園倒是精緻得很，有花草樹木，還停泊著一兩輛汽車，車上還掛有車牌。花園內是一幢兩三層高的別墅，別墅裏有廳有房有睡床。廳中有電視機，有麻桌枱。八仙桌上還擺著點心、燒味拼盤和一瓶桃花。簡直就是小孩子們想像中的豪宅。大型紙紮旁邊，還擺著一箱箱的西裝和長衫等衣物，和一盒盒金條，一疊疊紙幣。那些紙幣都是大額的，通常都是幾百萬一張。

現在想起來，陽間和陰間的兌換率這樣划算，怪不得大人們會燒這麼多錢給先人使用了。但當時小孩子不會這樣想，只是覺得這樣精緻的作品，要花多少金錢和心血去製作？一把火燒成灰燼真是可惜。媽媽說燒完就會送到先人那裏去了。心中想著：陽間到陰間的路就是這麼近嗎？陽間的人都這麼窮，為甚麼陰間的人就可活得這麼富裕呢？

# 三十　打小人

當年，令我非常迷惑的第二道靈異風景就是「打小人」了。街頭巷尾的彎角，常常會看到有些老婆婆燃點了香燭，用一隻女裝鞋，拍打地上一張寫著人名的人形紙張，口中唸唸有詞，這種舉動大家稱之為「打小人」。

最具儀式感的是：有一次，跟著三叔婆到香港鵝頸橋去「打小人」。事情的起因有二：一是三叔婆的小兒子在紗廠工作不利，他的領班常常斥責他工作出錯漏，還扣了他的一些勤工獎。他嚥不下這口氣，工作時精神一分散，就被機器砸傷了手指。二是三叔公身體一向不好，因為血壓高的緣故常常感到頭暈。最近在街上，一個不小心，踢到了石礐，撞傷了膝蓋骨，正在臥床休息。三叔婆就認為家中最近被小人纏繞，家運阻滯，以致家宅不寧。想來是有「小人」或「小鬼」作祟，故不惜花點金錢，走到香港鵝頸橋，找個有權威性的又靈驗的神婆去「打小人」，還帶上我這個大女孩作陪。

乘搭渡海小輪再轉叮叮車（電車）到了銅鑼灣，走到軒尼詩道的鵝頸橋底。橋下有幾個大水泥橋墩，橋墩下都有神婆在擺檔。為什麼要在橋底下擺檔呢？三叔婆說橋底屬陰地，不見陽光，容易招來鬼神。我只是覺得，在天橋底下擺檔，最少可以遮風擋雨。

走到一個叫芳姑的攤檔前停下，趁三叔婆跟芳姑打招呼時，我打量一下這個小攤子，擺著一個小小的神龕，供奉著一尊觀音像和一個齊天大聖像，還有一個不知是不是玉皇大帝的瓷像。神龕前面擺放著一個香爐，一碟水果，一碟用綠色荷葉墊底的鮮花。一旁擺著香燭及一疊衣紙金銀等。

方姑從那疊衣紙拿出一個男紙人和一個女紙人，叫三叔婆在上面寫上要打的「小人」的名字，又拿出一份寫有「招財進寶」的衣紙，裏面有紙老虎及一些代表平安及財富的剪紙，要三叔婆在上面寫上自己的名字和出生年月。

芳姑作法的時候，先教三叔婆雙手合什，誠心祈求神明協助，然後上香向神像拜三拜。在香煙繚繞之際，芳姑拿起寫上「小人」的紙人向神像拜了拜，就在一張長條凳上放上一塊紅磚頭，把紙人放在磚上，拿起一隻女裝鞋向小人用力拍打，霹霹啪啪，赫然有聲，一面口中唸唸有詞。她唸得聲韻鏗鏘，有節有奏，她在唸什麼我聽不全，後來問了別人，原來她用廣東話唸的是：

「打你個小人頭，打到你有氣冇掟抖；打你個小人手，打到你有錢唔識收；打你個小人腳，打到你有鞋唔識著；打你條小人脷，打到你開口夾著脷；打你個小人肚，打到你食嘢嘔白泡。」

這可真夠毒辣的，不知是否所有「打小人」的神婆都

# 打小人

古傳驚蟄蟲蟻多獸甦醒，亦是小人活躍之時，每於此日香港之鵝頸橋底及油麻地榕樹頭均出現一羣專代人打小人之神婆，據稱打过小人後便可免却是非，掃除霉運。打小人儀式主要為用布鞋拍打畫有小人圖像之紙及以祀豬肉祭白虎，當程序最有趣者為神婆於拍打小人之同時會口中喃喃唸着口訣，口訣有多種，茲錄最經典者如下（廣東話）：打你個小人頭，打到你有氣冇得唞；打你個小人手，打到你有錢冇錢收；打你隻小人腳，打到你有鞋冇淺踎；打你條小人脷，打到你開口夾着脷；打你個小人肚，打到你食嘢唔白泡。打小人之古怪動作配上順口溜口訣，可謂奇趣一絕，亦為香港增添一份濃厚地道色彩。

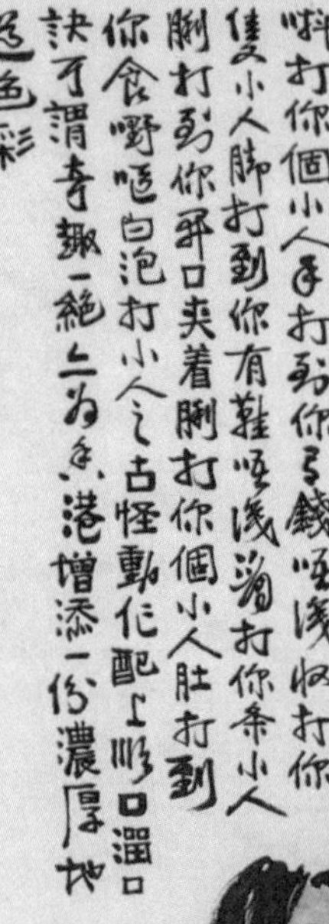

唸同樣的咒語，抑或百花齊放，有更精警更惡毒的呢？

拍打一番之後，紙小人被打得稀爛，芳姑就把「小人」揉成一團，塞入紙老虎肚中，再用肥豬肉抹老虎的嘴巴，然後把紙老虎放入火盆中燒了，代表著小人及惡運一併被老虎吃掉了，被火燒掉了。

之後，芳姑又把寫著「招財進寶」的一疊衣紙點了火，圍繞著三叔婆身邊的上下左中右各個方位兜了一圈，口中唸唸有詞，說是為三叔婆一家帶來健康、財富和好運。然後又把那一疊衣紙放入火盆中燒了。

### 打小人

相傳驚蟄，蟲蟻鳥獸甦醒，亦是小人活躍之時。每於此日，香港之鵝頸橋頭及油麻地榕樹頭，均出現一群專代人打小人之神婆。據稱打過小人後，便可免卻是非，掃除霉運。打小人儀式，主要爲用女鞋拍打畫有小人圖像之紙張，及以肥豬肉祭白虎兩程序，最有趣者，爲神婆於拍打小人之同時，會口中喃喃唸著口訣，口訣有多種，玆摘錄最經典者如下：（廣東話）打你個小人頭，打到你有氣冇碇唞。打你個小人手，打到你有錢唔識收。 打你隻小人腳， 打到你有鞋唔識著。 打你條小人脷，打到你開口夾著脷。打你個小人肚，打到你食嘢嘔白泡。打小人之古怪動作，配上順口溜口訣，可謂奇趣一絕，亦爲香港增添一份濃厚地道色彩。

最後便是擲杯。使用兩片角形的木片，祈禱之後砸向地面。若兩片木片都是面朝天，就是陽杯，代表沒什麼特別事發生。若兩片木片都是背朝天，就是陰杯，代表交著霉運。如果木片一片朝天，一片向地，便是勝杯，表示好運。三叔婆一擲便是勝杯，芳姑恭喜她，三叔婆笑不攏嘴。

「打小人」儀式完畢後，三叔婆給了芳姑一些錢。

坐渡海小輪回程時，三叔婆滿心歡喜，精神也輕鬆了。因為她認為「小人」被打死了，作法招來健康、財富和家宅安寧，家運便興隆了。我覺得，那霹靂啪啪「打小人」的舉動，那喃喃唸咒語的聲音，對於受委屈的人、交惡運的人都很解氣，很療癒。怪不得「打小人」這習俗一直流傳至今天。

# 三十一　「搖衫尾」去睇戲

五十、六十年代，去看電影是一件很奢侈的事。一般家庭一個月收入只有幾十元，穿膠花手指都痛了也只賺得幾角錢。所以花幾角錢買票去看戲是一件「大事」。

但當年的小孩子，對看電影這種娛樂十分渴望。當別人表演「如來神掌」、「萬佛朝宗」，或者談論馮寶寶的「夜光杯」時，你沒有看過，就沒有發言權，就是一種極度的遺憾。

那時，電影院有一種規矩，就是一個大人可以帶一個小孩子入場。所以，三四個師奶一起去看戲，她們總是帶著一大群小孩子。有自己的子女，也有鄰居的小孩，一擁而入。守門的人阻攔時，師奶們就和他「講數」，央求他們准許所有的小孩子入去。當師奶們和守門人理論的時候，幾個小孩子就從守門人身後「閃」進去了。

若沒有熟人帶著入影院的時候，街童們也有辦法。「你有張良計，我有過牆梯」嘛。他們覷著單身客人進場時，輕輕拉著那人的衣角，佯裝作他的子女混入影院去。有些客人是不察覺的，也有些客人發覺了也一笑置之，讓那個街童跟著入場。當時的香港人，多是勞工階層，知道生活的艱苦，小孩子的渴望，心存溫厚，也不介意讓小孩子跟著進場開心一回。

有些街童更加「有計」。幾個人湊錢買一張戲票，先由一個人拿票子進場，然後在影院側門的地下，把票子從門隙中「攝」出來，在門外候著的小孩便快快拿了票子進場。這樣反覆使用，一張戲票便可供幾個小孩子入場了。

想起中學時代，看了《侏羅紀公園》這影片。片中，一個著名的科學家對於恐龍的復活有一個說法，就是：「生物自有其出路！」，那些貧窮的小孩子找尋娛樂也是自有其方法呢！

# 三十二　街坊鄰里

當年，居所的左鄰右里，甚至同學們的雙親，都是平民百姓，窮等人家。雖然大家都物質貧乏，但是濃濃的人情味，溫暖著彼此的心房。

那時，鄰居的主婦們，不作興叫「太太」，都是張師奶，李師奶、陳師奶的叫著，平民化一點。當男人們到了工廠或工地工作時，這些師奶們便會互相幫忙。如陳師奶的婆婆病了，要帶她去看醫生。李師奶就會自動去看顧陳師奶的三個年幼子女。李師奶病了，張師奶到街市買菜就會多買一些，替她買一份回來。若要到工廠去領取手作活兒，年青力壯的師奶就會多背一兩袋，分給體弱的師奶在家中做，齊齊賺取一點家用。

逢年過節的時候，師奶們便會各展廚藝，從微薄的家用中取出一點點錢，在端午節時裹粽子；過年時蒸年糕、蘿蔔糕、芋頭糕，炸煎堆、油角；元宵節煮湯圓。其時，大家都會多弄一點點，送給鄰里嚐嚐。平日煮了番薯糖水、紅豆沙、綠豆沙甚麼的，也會東家送一碗，西家送一碗，給大家分享。

夏天晚飯時，因為居所十分狹小悶熱，家家都在門外用膳。用兩張方凳子，支撐起一個鋅鐵圓桌面，就是飯桌。

撻彩尾睇戲
四五十年代香港生活極為艱苦，而電影為非常奢侈之娛樂，當時一張門票成人可攜一名小童進場，某些街童便趁此漏洞，遇上有觀眾即情情隨後牽其衣角佯裝家屬，藉此蒙混過關享受免費電影，而另一招則是買一張門票進場後再將門票偷偷塞於出口之門縫交在外守候之街童，便得即拾起之進場，如是者循環只用一票便可入多人，此旁門左道招數當不可取，惟亦足以反映當年小童之頭腦已非常靈活矣
金鴻
即日放映
出口

坐在矮凳上，一家數口便在涼風習習中吃飯。記得門前有一條小溝，約兩尺寬，因為是從山上流下來的溪水，所以沒有臭味。聰明的師奶就用兩張板凳把桌面架在水溝上開餐。吃飯時，可以和鄰居聊天，甚至交換小菜來吃。李師奶會說：「今晚我煮了蝦醬韮菜豆腐，好惹味，拿些給你嚐嚐。」或者張師奶說：「偉仔，今晚我地有番茄炒蛋，你最鍾意食㗎，過來吃點。」總是溫情滿溢。吃過晚飯，撤去碗筷桌面，門前的小路，又成為孩童的遊樂場，大家在月色下嬉玩笑鬧。

有一宗事，我記憶至今。當時鄰居一位十五歲的小姐姐阿媚，突然失了蹤，大人們只對我們說她去了親戚家。

### 搣衫尾去睇戲

五十年代，香港生活極爲艱苦，看電影乃非常奢侈之娛樂。當時一張門票，成人可携一名小童進場，某些街童便趁此漏洞，遇有單身觀衆，即悄悄隨後牽其衣角，佯裝家屬，藉此蒙混過關，享其免費電影也。而另一招，則是買一張門票，進場後，再將門票偷偷塞於出口之門縫處，在外守候之街童，便隨即拾起持之進場，如是者循環使用，一票便可入多人。此等旁門左道招數，當不可取，惟亦足以反映當年小童之頭腦，已非常靈活矣。

幾個月後，阿媚姐回來了，清減了一點。師奶們又親親熱熱的對待她，也不多問她發生了甚麼事。後來我們才知道，阿媚在工廠中認識了一個少年，不知怎樣就懷了孕，但兩人都未到結婚年齡，她母親就把她送到「未婚媽媽之家」。待她生下孩子，送到保良局去，才把她接回來。當時民風較保守，不接受未婚產子，她家境亦相當困難，唯有這樣辦了。這事所有師奶都知道，但都替她保守秘密，無人當「八卦」新聞來傳播，讓這女孩有一個重新生活的空間。

現在香港的市民，居於高樓大廈之中，人人關門閉戶。同一樓層的住客，可能連鄰居姓甚名誰也不知道，上落電梯見面時也只是點一下頭就是了。一牆之隔，也會老死不相往來。當年家家打開大門，互相關愛，互相幫忙，體貼照顧，那濃濃的人情味一去不復返了。

# 第五章　天災人禍

# 三十三　聖誕夜的大火

聖誕節本來是普天同慶的日子，但在五十年代，香港慶祝聖誕節的家庭多是洋人或富裕家庭。一般在飢餓線上掙扎的升斗小市民，是沒有慶祝聖誕節的金錢和興致的。更加不幸地，在一九五三年十二月二十五日的聖誕節晚上，光顧他們的不是聖誕老人，而是一場慘烈的大火。

首先起火的是白田邨，這場大火，不足十分鐘，已波及數百戶人家，蔓延至附近的石硤尾邨、窩仔村、大埔村。雖然九龍所有的救火車加上後備消防員，還有從香港趕到馳援的救火車，都不能阻止火勢的蔓延，大火一直燃燒著，直到第二天凌晨二時火勢才受控。該場大火燒毀了 2580 間木屋，災民近六萬人之多。

為甚麼有那麼多的山邊木屋呢？

原來，一九四九年前後，中國因政權轉變而導致大批人民湧往香港。一兩年間香港人口竟增加了接近一百萬。突然其來的人口增加，使住屋成為一個嚴峻的問題。很多人就在九龍北面各處山邊搭建木屋居住。那些簡陋的房子只是幾塊木板加上鐵皮屋頂搭建而成，當然沒有防火設備，也沒有水源。區內環境非常惡劣，很遠才有一個供水的街喉，供幾百人使用。所以一起火時，火勢蔓延得非常快，而且灌救十分困難。由於木屋區常有小火災，所以居民都十分警醒，習慣了背著細軟走火警，所以今次大火雖然牽連的區域很廣泛，幸好人命傷亡不多。

當時我年紀小，家中也沒有電視看，對於這場火災都是聽爸爸跟三叔說起的。不過，有一晚，跟爸爸拿著一袋麵包去北河街的騎樓下探望一位親戚平叔，印象卻十分深刻。北河街的三層樓宇是有騎樓的，火災後的災民沒有地方棲身，都在騎樓下用厚紙皮和被單搭起一個個「帳幕」，在那裏暫時居住。爸爸站在騎樓下和平叔談話，我就到處張望。我看見紙皮下躺著三個和我年紀差不多的小孩。十二月的寒風，把我吹得渾身發抖，可憐那三個小孩就要在寒夜的街頭露宿了。

平叔說當時火勢來勢洶洶，轉眼就濃煙滾滾，火頭處處。幸好平日人們都有了火災的心理準備，背起了棉被衣物就拖著小孩逃生。人群像螻蟻一樣，從各處山路蜂擁而下跑下山去。走不動的老人家，就坐在山下的大石塊上，望著已被摧毀的家園哭泣。第二天大火熄滅了，很多人就回到那還在冒煙的家園，仔細地挖著，看看有沒有可用的東西可以檢拾。

他叫我爸爸不用擔心，政府的福利機關和教會團體第二天就在球場派飯了。只要拿著盛器去，就給你送上熱飯和菜。還有辦事人員幫助災民登記身份，等候政府的安置。登記那天，五萬多人擠在大球場，雖然開設了二十多個登記站，但都排滿密密麻麻的人龍，還有軍警來協助。雖然數萬人擠在一起，也沒有什麼打鬥騷亂。當時的難民，覺得有政府和慈善機關的關顧，他們已是十分感激，並沒有什麼怨言。

後來，政府迅速的在附近建造了一些一層或兩層的臨時平房，雖然簡陋，沒有廚房浴室，但總算讓災民有瓦遮頭。跟著一段日子，在災場原址石硤尾邨建成了一批六、七層高的，工字型的徙置大廈安置災民。這場大火，促使政府正視市民的住屋問題，後來成立了屋宇建設委員會和徙置事務處，為基層市民提供住屋福利，使很多低收入市民居有其所。

# 三十四　溫黛是如何變成「瘟黛」的

每年的四月至十月是香港的颱風季節。每逢打風的日子，渡海小輪會停航，公共巴士會停駛。當時沒有地鐵，颱風來了，渡海小輪最早停航，人們都趕著搭尾班船，在風浪巔簸中橫渡維多利亞海峽回家去。如果趕不及尾班船，就要乘搭昂貴而危險的「嘩啦嘩啦」快艇過海，在風浪中穿插，或設法在海的這邊渡宿一宵。所以刮颱風的日子，碼頭排起長長的人龍，避風塘泊滿密密麻麻的小艇。

住在木屋區的人是最擔心的了。他們擔心颱風會把鐵皮屋頂掀去，滂沱大雨會沖入屋子裏，還要擔心有沒有足夠的盤盤桶桶可以承接雨水。

我們住在「石屎樓」的小朋友就比較幸運，少了這些擔憂。當時年紀小，只知道打風天不用上課，外邊風風雨雨不能出去，可以窩在家中玩耍。還可以吃到媽媽煮的打風餸菜——罐頭豆豉鯪魚、回鍋肉和豬肉炆大豆。有時甚麼都沒有，就用豬油豉油撈飯吃。

但是六〇年、六二年兩場特強的風災，卻沒有輕易把香港市民放過。超強的風力，引致人命及財產的嚴重損失。颶風過後，滿目瘡痍，使人觸目驚心，至今印象難忘。

1960 年 6 月 9 日，強風瑪麗襲港，香港掛起了十號風球。由於正面吹襲長洲的緣故，那邊受災最嚴重。電台報道長洲的船艇不少翻沉，海灘上發現不少屍體，海面上也有很多浮屍。這場颱風引致四十五人死亡，一百二十七人受傷。十一人失蹤。

到了 1962 年 9 月 1 日，颱風溫黛正面襲港，是香港戰後最嚴重的風災。香港掛起了十號風球。而且禍不單行，適逢香港海面大漲潮，再加上風暴潮，吐露港竟然升起超過五米高的大浪。

風眼通過長洲吹向大嶼山，五米多高的巨浪追逐著人群，許多人走避不及就消失在海水中。整個沙田變成一片汪洋。幾個大浪，就使那裏一條叫「白鶴汀」的小村全部消失了。第二天，海灘面目全非，船艇被毀，沙灘上都是木板和漁船的殘骸，還有很多屍體。

後來，電台播出災後情形。這場風暴竟然引致 183 人死亡，108 人失蹤，72000 人無家可歸，700 艘小艇嚴重損毀，500 多艘船艇沉沒，24 艘遠洋輪船擱淺。陸地上，數千間寮屋及天台屋完全被摧毀。市區裏，滿街都是鋅鐵皮，棚架、廣告牌、倒塌的架空電線和破碎了的玻璃窗，不少汽車四輪朝天，樹木連根拔起。當時，我們在街上走都要步步小心。

由於災情慘烈，掀起全城市民的同理心。他們都是剛從各種困境走出或者尚在困境中的人士，對於災民的苦況特別明瞭，感同身受。所以，各界人士或者義演，或者義唱，或者義賣，或者義舞，或者捐款，為災民籌得一大筆善款，以助災後重建。

這次颱風溫黛重創了香港，引致人命及財產的重大損失。所以香港市民覺得它是瘟神，所以咒之為「瘟黛」。

# 三十五　樓下閂水喉

「樓下閂水喉！」這句經典名句六十年代曾在香港生活過的人，都會印象深刻。

六十年代初期，香港人口急劇膨脹，食水的需求就成了一個嚴重的問題。香港四周環海，缺乏大型的湖泊，也沒有大型的水塘，食水的供應，除了少許山水及井水之外，主要靠天雨。如果遇著持續的乾旱天氣，水塘乾涸，就會形成嚴重的旱災。

一九六三年，天旱嚴峻，水塘見底。為了節約用水，政府只好四天供水四小時。一到供水時分，所有人都留在家中，儲水的儲水，洗澡的洗澡，洗衣的洗衣。當時的唐樓有四五層高，每逢樓下住戶全力開動水喉，大家忙於儲存食水及使用食水時，往往造成水壓不足，食水不能�上樓上。樓上住戶心急如焚，生怕錯過了這四天供水一次的機會，因此不時聽到高呼「樓下閂水喉」這經典名句。如果樓下住戶不合作，可能初則漫罵，繼而口角，甚至可能動武。沒法子，食水是人類的命脈。四小時之內要儲夠四天的食水，洗滌四天的衣服被套和搞個人衛生，那能不緊張？

那時，很多市民家中沒有自來水的供應，就只能到街喉輪水了。還未到供水時間，街喉前早已擺起了長長的水桶陣，繞了一圈又一圈。很多成人要工作，就叫小孩去看守水桶，以免被人「打尖」（插隊）。於是，不少孩子就伏在水桶上做功課、溫習、睡覺，或者一同玩耍。供水的時間到了！街喉嘘嘘嘘嘘的空響了一陣，珍貴的食水流出來了。長長的水桶長龍忽然活起來，舞動起來，人們從四面八方湧出，走到自己的水桶前輪候取水。有的街喉，甚至要出動警察看守，因為輪水爭吵之事，無日無之！

水桶陣真是千奇百怪，有的是剖開了上蓋加上橫木作提手的火水桶，有的是大大的汽油桶，有的是鋅鐵皮桶，還有當時最時髦的紅 A 水桶。每人限取水一擔。當時，鄰居有一個八歲的小女孩，雖然貴為附近餐廳的太子女，也要跟著家人出來輪水，以取得每人一擔的限額。全家總動員，取得十桶八桶水，就用木頭車齊齊推返餐廳去。

我家媽媽買了一個底部圓形的厚膠袋，比我還高出一個頭。把水一桶一桶的放進去，成了一個透明的大水柱。加上其他的水桶和盆盆罐罐，還有一個大水缸，希望能儲夠四天之用。我們四兄弟姊妹也很乖巧，快手快腳的在停止供水之前洗頭洗澡。不用制水的日子，媽媽就把大膠袋抹乾，用來儲藏棉被，放入床底下。

我還記得，附近的五金店，沒日沒夜的，把鋅鐵片釘成一個個高高的圓筒形水桶。一到制水的日子，這些水桶便成為搶手貨。

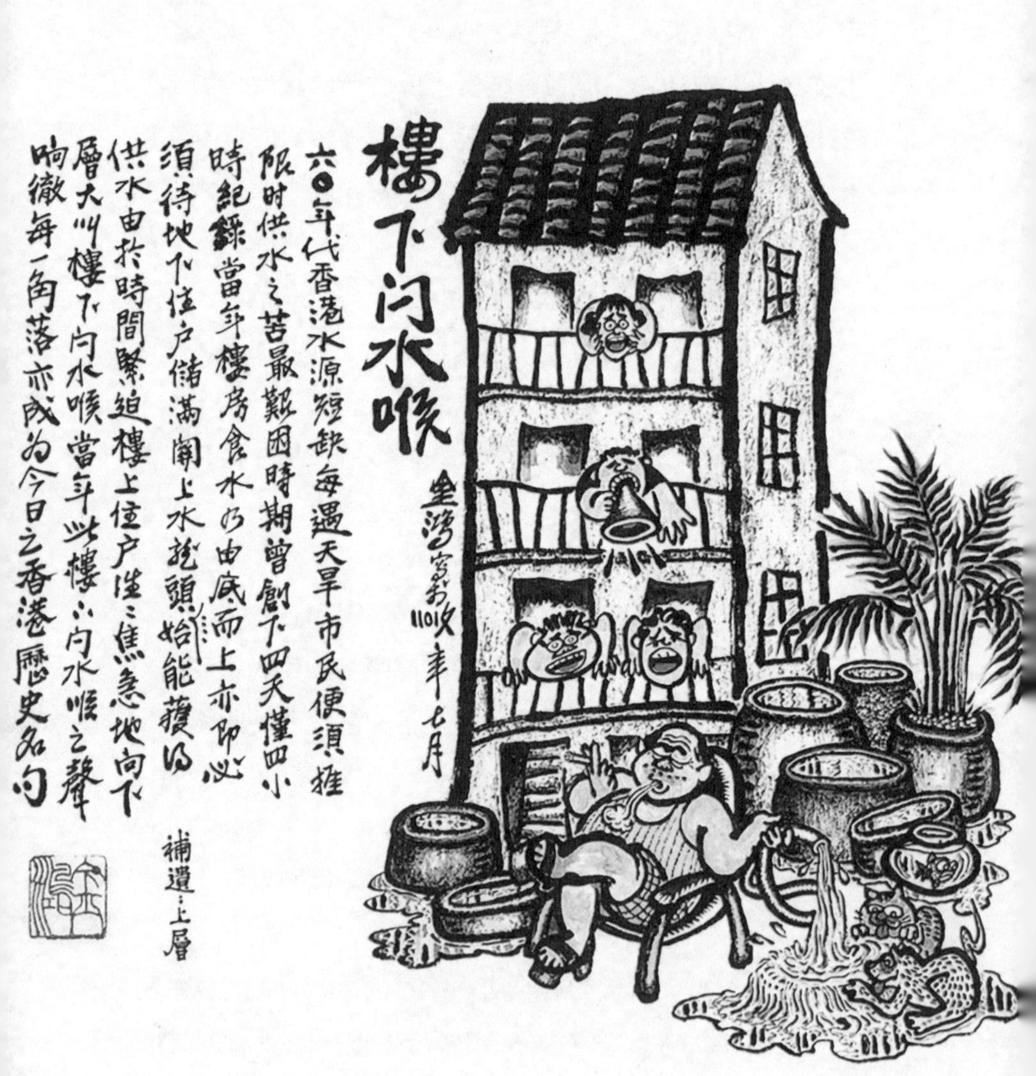
樓下閂水喉
六〇年代香港水源短缺每遇天旱市民便須捱
限時供水之苦最艱困時期曾創下四天僅四小
時紀錄當年樓房食水乃由底而上亦即必
須待地下住戶儲滿閘上水龍頭始能獲得
供水由於時間緊迫樓上住戶往往焦急地向下
層大叫樓下閂水喉當年此樓下閂水喉之聲
响徹每一角落亦成為今日之香港歷史名句
寫於二〇一〇年七月
補遺：上層

一九六二年，新華社倡議引入東江水，英國政府積極回應。同年六月十八日，中英雙方展開會談。到了年底，中國國務院就敲定了東江水供港的計劃。而香港容量最大的大嶼山石壁水塘也開始啟用，十一月船灣淡水湖開始動工。種種有助解決香港水荒的措施和建設接踵而來。直至一九六四年五月二十七日颱風帶來大雨，制水措施取消。各種計劃實行和建設峻工後，香港才徹底解決了水荒問題。自此，我們再也聽不到「樓下閂水喉」的名句了。

所以，香港的食水，一點一滴的得來不易，我們都要居安思危，好好珍惜食水呀！

### 樓下閂水喉

六十年代，香港水源短缺，每遇天旱，市民便須捱限時供水之苦，最艱困時期，曾創下四天僅供水四小時紀錄。當年樓房供水，乃由底而上，亦即必須待地下住戶儲滿，關上水龍頭，上層始能獲得供水。由於時間緊迫，樓上住戶往往焦急地向下層大叫「樓下閂水喉」！以作催促。當年「此樓下閂水喉」之聲，響徹每一角落，亦成爲今日之香港歷史名句。

# 第六章　蝸居滄桑

# 三十六　從板間房到小平房

板間房可算是香港五十、六十年代的特殊產物。由於當年人口暴增，幾年之間就增加了一百萬人，所以住屋嚴重不足。有的新移民在山邊搭建木屋棲身，有的就住在唐樓或新樓狹小的板間房裏。

所謂板間房，就是在「石屎樓」一個單位內，用木板間成幾個小房間租給別人。每個小房間約六十至八十方呎。因為要透氣的緣故，有的房間是不封頂的，有的就用梳木條間隔封頂，又可透氣又可避免別人爬入。作為間房的每一塊木板，上邊都是有花紋的磨砂玻璃，下邊是密封的木板，既可透一點光又可保存私隱。頭房有一排大窗，採光最好，也最通風。通常都是包租公一家居住。尾房也有一扇小窗，所以租金也較貴。中間房白天也是暗暗黑黑的，因為無處採光，所以租金也較便宜。通常是四、五戶人家共用一間廚房，一座廁所。

五十年代中期，五歲的我跟著親戚來到香港找爸爸。（因為媽媽及哥姊還未被批准離開中國國境）當時，爸爸就是住在九龍城衙前塱道一座四層高的樓房中的一個板間房。房間約六十呎。爸爸用兩塊床板搭建成一張窄床，晚間我就在木床邊打開一張帆布床睡覺。此外就是一張吃飯及爸爸工作用的小摺枱，此外並沒有其他的傢俬了。這個單位一共有四個房間。住在頭房的是包租公一家。第一間中間房住著一對中年夫婦。他們的家境較好，所以房間佈置得較雅緻。有時我從微風吹開的門簾看進去，見到床頭有一盞枱燈，燈罩是走馬燈的形式。枱燈一開，燈罩上的金魚便開始游動，那鮮艷的色彩常常吸引了我的視線。我們住在第二間中間房，尾房住的是一對母女。

包租公不喜歡我們走出小廳，所以我們吃飯玩耍都在自己房間裏。不過，小孩子只要吃飽了飯，沒有人身安全的威脅，在怎樣差劣的環境下，都會找出一點開心的玩意來的。

尾房有一個年紀和我差不多的小女孩叫燕冰，她的媽媽是做護士的。當時我們還未上小學，雙方家長上班時，我便會把棉被枕頭堆疊起來，踩在上面，跨過間隔板，踏上燕冰房中的五桶櫃，然後跳到她床上。兩個小女孩就披著被單毛巾，扮作王子公主做起戲來。還湊了兩角錢買了當時時興的塑料頭繩，有漂亮的螢光顏色，如粉紅色、青綠色、橙黃色和亮藍色、醉紅色等。把它一厘米一厘米的剪下來，再間著色把它用線穿起，就成為色彩繽紛的珠串，披在身上，戴在頸上，就儼然身披瓔珞的公主了。加上想像，唱著不成調的兒歌，一起玩個痛快。

我玩累了，就伏在她的小窗前看著藍天白雲，飛機飛過，心中好生羨慕，希望自己將來也有這樣的一扇小窗。

以前行過九龍城
同時聽到轟轟声
飛機貼住頭頂過
好似捉雞嘅麻鷹
美香黃亞花店
嘉
粉麵茶餐廳

當然，在大人放工之前，我得快快爬回自己的房間裏。

後來，媽媽帶著哥哥、姊姊、弟弟來香港了。六十呎的房間連六個人站立也不夠位置，包租公下逐客令了。爸爸為找房間安頓全家而頭痛萬分。以他微薄的薪金如何能找到一家居身之所呢？這也是當時香港百萬升斗小市民面對的煩惱。

幸好，及時雨來了！在聖誕夜石硤尾大火受災的親戚平叔，被政府安置到白田邨的一間小平房裏，等候徙置區落成後再搬過去。恰巧他在新界務農的母親病了，要回去照顧她，所以他把房子讓給我們暫住。

這真是一個好消息！爸爸緊皺的雙眉立即舒展開了。於是，我們一家六口收拾了簡單的家當，搬到白田邨山邊的小平房去，開始了一段新生活。

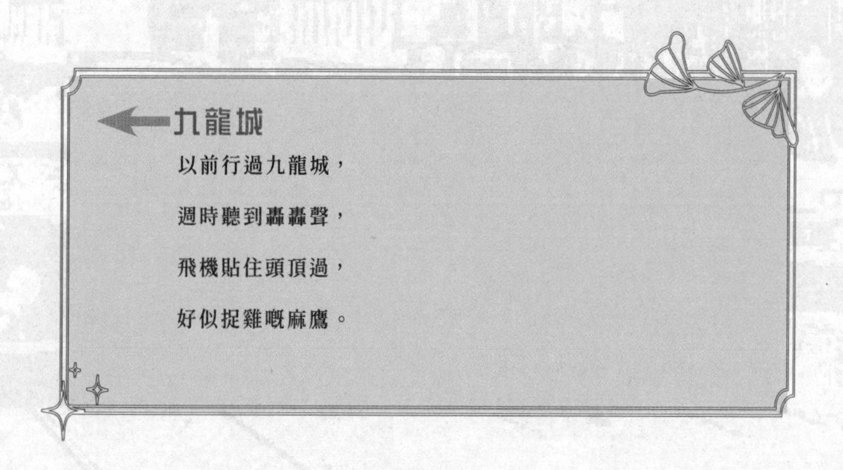

# 三十七　數星星看月亮的日子

五十年代中期，我們一家六口遷入白田邨山邊的小平房裏。

說起小平房，千萬別誤會是一間四周花木環繞小小的白房子。事實上完全不是這麼一回事。這些小平房是政府為了安置一九五三年大火的災民等候徙置而建成的簡陋房子。

白田邨有四座小平房，每間小平房是一排長方形的一層建築，像一塊嘉頓公司出產的生命麵包。每排裏邊有十個間隔，每個間隔又橫切開兩份，這就變成前後兩個單位。一座小平房可供二十戶人家居住。每個小單位約一百方呎，沒有廚廁。煮食就用一塊三角板嵌在一個牆角裏作為灶板，上面擺著一個火水爐，煲盤碗碟等飲食用品就放在三角形下面的空位上。如廁、洗澡就得跑到幾幢小平房共用的公廁去。用水就得使用街喉。幸好每個小單位都有一扇向街的窗戶，可以看到陽光，吸到新鮮空氣。

爸爸在窗下擺了一張小摺枱作為吃飯、工作之用。靠牆擺了一張雙層碌架床，晚上在床邊加開了兩張帆布床，就夠我們一家六口之用。

小平房位於山腳下，屋前有一條小水溝，流下來的山水很清澈，有時還可以看到幾尾透明的小魚在游弋。我們和鄰居們都養了幾隻小雞，讓牠們在山邊捉蟲子吃。不用花米飯餵養牠們。到了晚上，人人確認回自己的小雞，（我們會在小雞翅膀上點上顏料以作記認），把牠們趕入籠裏去，然後把雞籠拿回家放在門後面。

公用的街喉安放在一塊約六百方呎的水泥地上，這水泥地類似農村的曬棚或者地堂。夏夜室內炎熱，小孩子們都愛把帆布床搬出來，放在水泥地上，在夏夜涼風中睡覺。所以，晚上的地堂，密密麻麻的的擺滿了帆布床。孩子們躺在床上，說笑話、猜謎語、講故事，唱歌，嘻嘻哈哈的，好不熱鬧。玩累了，就看著月亮，數著星星，在星月陪伴下進入夢鄉。第二天早上，又發覺自己躺在家中了。帆布床怎麼會自動跑回家呢？你可想到嗎？

家中那面小小的窗，是全屋子的靈魂。媽媽花了幾個小錢，到國貨公司買了幾呎香味花布，（當時流行的，也算是升斗市民的奢侈品。）做了一幅窗簾。我們坐在窗下的書桌上做功課和吃飯時，一邊嗅著那淡淡的香氣，就以為是「南面王不易」的好環境了。

因為公廁要跑到屋外不遠處，寒冬夜裏，誰也不願離開溫暖的被窩一頭扎進北風裏，所以家家戶戶都準備了一個高身的痰盂以供家人晚上小便之需。第二天早上，我們四兄妹便要輪流到公廁「倒夜香」了。

小平房處於石硤尾的山邊，向山上走約二十分鐘就是大窩坪，再向上走就是一道小溪奔瀉而下的山澗。我們十個八個野孩子，就常常結伴上山捉小魚小蝦和摘野果。

位於大窩坪山腰有一個整齊的新建小村落，大概也是政府用來安置火災災民的，每一排的平房都髹上不同的顏色，就像落在山腰裏的一道彩虹。我們經過都會駐足欣賞，那裏就成為我們上山的地標。山間樹木蒼翠，有野蘋婆樹，樹葉間偶爾露出鮮紅的角形果子，引人饞涎欲滴，可惜不能吃。能吃的則有酸酸甜甜的油甘子，香甜的山稔和桑葚，有時還會見到野生的番石榴。我們愛吃山稔，吃得滿口鮮紅像吐血。小溪溪水清涼明澈，我們赤著足淌著水捉小魚，捉到了便歡聲響遍山谷。一玩便是大半天，傍晚便拿著那桶不多的小魚和滿懷的野花回家去。

所以，小平房雖然簡陋，卻給我的童年增添了不少樂趣。

可惜，好景不常。三年之後，徙置大廈落成了，平叔要上樓了，小平房要被政府遷拆了。爸爸又再墮入找房子的煩惱中。

好不容易，爸爸找到了青山道一幢五層高樓宇內的一間板間房。這次住的是尾房，有一排窗，但只有七十呎左右，不夠六口人住，所以兼租了一個閣樓。這個小閣樓是在洗手間上空加建出來的，很矮。晚上，我和姊姊、弟弟就把一道木梯搭在閣樓入口，一個一個爬上去睡覺。這個小閣樓除了睡覺之外，就沒有其他功用了，因為太矮，我們坐起來已經十分勉強。

這閣樓和下面的廁所分享一道寬約一呎半的長窗。閣樓佔三分之一，下面的洗手間佔三分之二。上下之間有一條約一寸寬的空隙。同樓住著一位年青的叔叔。他大便的時候，往往警告我們：不要望下來呀！可憐我們已被那難聞的氣味熏得頭昏腦脹了，那有興致去偷窺？

十歲的哥哥處境也不妙。晚上，他就在爸媽的床邊，用四張四方形的椅子拼起來作為床睡覺。他沒有練就小龍女睡在繩子上的功力，晚上睡在那窄窄的木凳上，只能戰戰兢兢，生怕夢中掉了下來。後來，有一個時期哥哥精神不振，媽媽說是那段時期不能熟睡落下來的病根。

這樣的困境，直到有一個晚上……

爸爸揚著手上的白信封興高采烈的衝進房子內，大聲嚷著：「中了！中了！我們中了！」媽媽說：「中了馬票？」爸爸說：「不是，比中了馬票還高興！我們輪候的廉租屋政府批准了！」

原來，等候多時，我們申請蘇屋村的事項政府批准了！

那晚，大家高興萬分。一家人到大排檔吃飯慶祝。爸爸點了砂鍋大魚頭，芥蘭炒牛肉，芙蓉蛋等餸菜。還要了一瓶竹葉青。一家子笑逐顏開。我發覺四十出頭的爸爸，笑起來很好看，皺紋少了很多。

# 三十八　徙置區風光

我家等候遷往蘇屋邨的時候，平叔已被分配到石硤尾的徙置區居住。我們也多次跟隨爸媽到那裏探望他。

石硤尾徙置區共有八座，安置了很多一九五三年聖誕夜遭火災的災民。每座樓高六層，分成兩翼。若從高空俯瞰，每座的形狀都像是一個「工」字。兩翼每一層樓都是一格格小小的居住地方，像一個蜂巢，每格約一百多平方呎。把兩翼相連起來的地方就是公共空間，每層樓的公共浴室、廁所、洗滌用的水喉都設在其中。

每一戶人家的居住單位都很簡陋：沒有廚房，沒有浴室，也沒有水喉。那麼如何煮食呢？就在門口一旁的一個小小角落，擺設了火水爐和炊具。要去沐浴或去廁所，就到樓層中間的公用浴廁去解決。少女們去洗澡，都是幾個人結伴而去的，以防別人偷窺。如果洗菜、洗米、洗衣服，就要到中間的公共水喉旁進行了。一到晚飯時間，炊煙四起，家家蒸肉炒菜，飯香菜香飄滿走廊，雖然居所簡陋，但也有點歲月靜好的況味。

平叔告訴我們，小孩子上學也很方便。旁邊的樓層設有天台小學。天台上桌椅俱全，有小小的空間作為運動場。有時，老師也會帶學生們到樓下的遊樂場上體育課。學校設備雖然不多，但當時教育還未普及，讀書的機會得來不易，所以一般學生都很珍惜很聽話。很多貧家小童的學業基礎都是在徙置區的天台小學裏打下來的。

平叔樓下的兒童遊樂場也是我們玩耍的地方。每座徙置大廈之間的空間都有簡單的兒童遊戲設施，像鞦韆架、搖搖馬、滑梯、翹翹板、旋轉架、攀爬架之類。甚至遊樂場中間幾段圓圓的水泥大管，也有一群小孩在爬來爬去，樂此不疲。遊戲設施僧多粥少，小朋友就會自動自覺地排隊輪候鞦韆滑梯等。有的空地設有涼亭，老人家們就在那裏歇息、下棋、聊天。六層樓樓下有小型的商鋪、市場，供居民購買日常用品和蔬菜魚肉。

很多時，教會的流動汽車會停在徙置區旁邊，分派牛奶、餅乾給小朋友。政府的流動圖書館車又會到來，供小朋友借書。甚至會有流動的醫療車停泊，為居民免費診症打針等。

徙置區的設施非常簡陋，但當年獲分配的居民都十分開心。因為有瓦遮頭，比起住在山邊的寮屋，日夜擔憂火災、颱風、暴雨好得多了。居所雖然沒有私人廚廁，但風雨不動安如山，租金又非常廉宜，住在那裏他們都有「安居樂業」的盼頭。

↑ 徙置大廈的萬國旗

# 三十九　蘇屋歲月

經過十多年艱苦等待，輾轉流徙，我們一家終於從白鴿籠似的板間房搬進一間有獨立廚廁和陽台的廉租屋。是受惠於當時政府房屋政策的改變：改善居住條件的理念逐漸取代為應急而生的徙置策略。

我們遷入的蘇屋村，是當年遠東最大型的住宅發展計劃。它位於九龍深水涉區長沙灣寶安道，由香港屋宇建設委員會建設，一九六三年全部落成。共十六座，全部以花卉樹木作為名稱，如荷花、劍蘭、牡丹、杜鵑、茶花、綠柳、金松等。提供了居住單位5316個，可容納31600人居住。

整個屋村背山面海，依山勢由南至北建築，錯落有序位於不同高度的地台，所以大部分樓層都向南及看到海景。當時入住的居民從舊樓、板間房、木屋等狹小殘舊的居住環境搬來，所以對於這個理想的居住環境都十分滿意，恍如中了彩票。大家都打算在這裏長期安居樂業，很多家庭一住三四十年，不少兒童都在這裏長大。

我們分配到的是**蘇屋村**劍蘭樓十樓的一個單位。收樓那天，大家都雀躍不已。那是一個四百餘呎的單位，有自己的小廁和廚房。廁是蹲廁，有沖水設備，還有一個沐浴用的花灑龍頭。廚房其實是通往陽台的通道，兩邊設了灶台，可擺放爐灶。我和媽媽經過廚房走出陽台時不禁呆了，簡直是在夢中。從小陽台往下望，是綠浪滾滾的山坡，極目遠眺是一片海洋。我們從未有過這樣美好的居住環境。媽媽笑不攏嘴，高聲嚷道：「陽台頂可釘兩個鐵架，放上幾桿衣裳竹便可曬衫，陽光曬衣又殺菌又有香味。」「這裏釘個花架，種幾盆茉莉花，清風一過，屋裏可香了。還可以種一盆葱，炒蛋蒸魚都不用出外買葱了，又新鮮又省錢又方便。」「這裏放張靠背藤椅，老爸你可在陽台看報紙吹涼風嘆世界啊！」大家都在新屋裏看到美好的生活藍圖。

結果，爸媽決定在凹位處用木板屏風分隔出一間睡房，大廳丁字形擺放兩張「碌架床」，我們四兄弟姊妹各有自己們的床鋪了。此外廳中靠牆還可以擺放一張長椅，和一張方桌作餐枱和書桌之用。單是商量計劃，大家已樂不可支了。

我們一家六口遷進蘇屋村劍蘭樓之後，首次有自己的獨立廚房、廁所和陽台。遠眺可看到海景，下望可看到滾滾綠蔭，打開前門就可看到通往石梨貝水塘的公路，恍如進入一個新天地。

每天清晨，爸爸都會沿著小徑走到公路上，往石梨背水塘跑去作晨運。我最愛作「跟屁孩」跟著他跑，那沐浴在乳白色晨曦中的高大綠樹，和那清新爽神的新鮮空氣，至今仍縈繞在記憶中。有一位七十多歲的老人家每天都在山上跑，他個子精瘦，精神矍鑠，沿途見到晨運的人都高聲叫「哈囉！哈囉！」因為他姓蘇，所以大家都叫他「哈囉蘇」。我們碰見這位精力充沛的老人，都立刻精神一振，高聲回應：「哈囉蘇，早晨！」石梨貝水塘有「馬騮山」的美稱，我們跑到那裏，常常看到大大小小的猴子抓耳搔腮，在樹上攀爬覓食，用樹藤當鞦韆晃蕩，十分有趣。山上很多野花，也有很多野蘋婆樹結著鮮紅色角形的蘋婆（鳳眼果），在翠綠的葉子中，份外耀目，不知是否猴子的食糧。我就常常想著：那樹木長得矮些就好了，我可以摘些回家煮了吃。

屋村裏的左鄰右里都十分和善熱情。女戶主的稱謂也由「師奶」升格為「太太」。日間大家都不用關上大門。孩子們就在門前的長廊上奔跑嬉戲。每隔一層樓就有一個開放的空間，小孩可在那裏玩耍，大人可在那裏談天。太太們煮了糖水，弄了糕點都送來送去，讓大家分享。過年過節，糉子油角，也是往來不斷。新年的時候，大家都捧著八寶全盒上門拜年。我們這些小猴子最高興了，因為可以收到大把大把的紅封包。有那麼滿意的居住環境，大家都打算長治久安的，可能一輩子做鄰居也說不定，所以都親如一家。互相幫忙照顧孩子、買菜。

當時，蘇屋村大部分居民都能夠安居樂業，孩子們也有較佳的較安定的環境去學習、成長。所以後來居民的下一代在娛樂界、樂壇、政界、學界、醫療界都出了不少精英。蘇屋村便成為「中產階級的搖籃」。我家四兄弟姊妹，哥哥和弟弟上了中文大學，姊姊和我進了師範學院（即現在的教育學院）。當年樓下的一個玩伴，現在仍是溫哥華的資深牙醫。想來，真應該感謝當年蘇屋村給我們一個安定成長的環境啊。

（作者按：蘇屋村已於2010-2013年拆卸重建）

註：香港人稱雙層床為碌架床

# 第七章　節日與慶典

# 四十　浪漫和詭秘的七月

七月，是街童們又驚又喜的月份。五十、六十年代的小孩，那有海洋公園、迪士尼樂園等地可去？連上茶樓也是奢侈品。所以，七月七日「**七姐誕**」，牛郎織女相會，家家戶戶拜七姐；和七月十四日「**盂蘭節**」，人間大事鋪張款待孤魂野鬼兩個節日，一個在天宮，一個在陰間，上天下地，就使孩子們聯想翩翩，又興奮又恐懼。

剛踏入農曆七月，每戶人家的窗前都放著一缽缽綠油油的秧苗。孩子們就知道，**七姐誕**近了。

這一缽缽的秧苗，是媽媽們花了一兩個星期浸種禾穀種子的成果。每晚還要放在窗台上打霧，長得越綠越秀氣越好。我問媽媽為什麼七夕要浸製秧苗呢？媽媽說是紀念牛郎的大黃牛耕田的功勞。求牠保佑人間五穀豐登。

有趣的是跟媽媽去買七姐盆。紙紮鋪早已掛起一個個的七姐盆。上面有七姐的衣飾、鞋襪、化妝品及洗沐的用品，花花綠綠的。越大的紮作越精巧。當然價錢也越貴。我常常望著七姐的衣飾發呆。心想：只有天上美麗的七仙女才可配用這些精緻的衣飾用品，我們人間是不配用的。

七夕那晚，媽媽在室外擺出一張小桌子，上面擺著一碟碟的棋子餅、菱角、馬蹄、慈菇、蓮藕、花生和七姐秧、七姐盆等，向天拜祭。媽媽說：七姐誕又叫乞巧節。家鄉的女孩子們，會向心靈手巧的織女——七姐乞巧。他們在月光下擺放一盆水，在水面輕輕的放下一根針，觀看水底的影子。如果影子是纖巧美麗的，就是乞到巧了。供奉完畢，故事也講完了，媽媽就會把七姐盆燒掉送給天上的七仙女，我們就享用拜祭後的食品。

美麗浪漫的牛郎織女相會後，又到氣氛詭異的盂蘭節了。

**盂蘭節**是道家、佛家都供奉的節日。道家傳說農曆七月十五日，鬼門關大開。孤魂野鬼便會在地府裏放出來，到陽間覓食。所以，陽間的人便要供奉各種祭品及「燒衣紙」給他們。還有盂蘭神功普度的盛會，希望他們得到食物，早日輪迴投胎返回人間。

佛家對盂蘭節有不同的說法。佛家稱盂蘭節為「救倒懸」，指解救正在受苦的餓鬼。根據佛家《盂蘭盆經》的記載：釋迦牟尼佛有一個弟子，叫做目蓮。他的母親做了很多壞事，死後變成了餓鬼。陽間拜祭供奉之物品，到了她口中，都會變成烈焰，令她無法吞食。目蓮為了救母親，便向釋迦牟尼佛哭訴。佛陀要目蓮在七月十五日，以百味五果置於盤中，供奉十方僧人，母親便得超度解脫。目蓮依佛陀意思行事，結果母親得以超度，脫離倒懸之苦。所以每年七月十五日舉行超度儀式，可解救已逝去之父母及親人，這天就成為佛家的節日了。

到了七月十四晚，家家戶戶便會在門口或街角燒衣紙，擺上香燭和魚肉、雞、鴨、菜等祭品。除了燒衣紙之外，還會撒下一把把的龍眼和一個個一仙兩仙的硬幣，說是給孤魂野鬼享用。但卻引來一群街童爭相搶奪。

除了街祭之外，還有令街童興奮的盂蘭勝會。這個熱鬧的盛會持續三至五天。記得當時在徙置區的一大片空地上，臨時用竹竿、木板、布帳搭建了一個大大的道場。設有神棚、附薦棚、孤魂棚、大士棚和辦事棚等。佔地最大和最矚目的就是中間的大戲棚了。道場豎起高高的幡竿，招呼孤魂野鬼來聽經、看戲、玩樂和飲食。所謂「豎起竹竿待鬼來」。場地一角的大士棚，立起丈餘高的大士像，鎮壓著孤魂野鬼不要作亂。

盂蘭勝會開始了，道士手持五色旗，跟隨節奏舞動，請來五方神靈來降煞，消災解難。儀式完了，跟著便有數天「神功戲」的演出，笙簫齊鳴，鑼鼓喧天，十分熱鬧。

我們一眾小孩，便會坐下來看戲。但更多的是在各棚之間穿來插去，看看各種祭品和有趣的擺設，追逐遊戲玩耍。我最害怕走近那大士棚，因為那紙紮大士橫眉怒目，凶神惡煞，不但鎮住了那些野鬼，還鎮住了我們這班頑皮小鬼。

第三或四天，盂蘭勝會接近尾聲了，便進行施食儀式，拋出一些用麵粉做成的小型食品以饗孤魂野鬼。儀式完了，就在場地設宴，提供食物及競投福物等以彌補大會的開支。

之後，就把各種有關招魂的東西：如幡竿、燈籠、先人附薦等物火化，恭請遊魂野鬼離開。

盂蘭節在我們小孩子心中，有絲絲恐懼亦有點點興奮。父母諄諄囑咐我們有關盂蘭節的禁忌，例如七月不要夜返，免得在街上衝撞鬼魂；人家拜祭時拋下的龍眼硬幣等不要執拾，因為是給鬼魂享用的。又如大戲棚前的第一第二行座位不要坐，因為是預留給鬼魂的。但我們這群頑童，卻視這道場為一個娛樂場所，奔走嬉戲，屢屢觸犯「天條」，幸好都沒有受到陰間的任何懲罰。

# 四十一　包粽子和供月餅會

三月清明插柳，五月端午插菖蒲，這是媽媽一向的習慣。看到門框邊插上一束劍蘭葉一般的菖蒲，和幾支鮮艷的龍船花，我就知道農曆端午節到了。

隨著天氣漸漸暑熱，蚊蟲滋生，疾病也隨之而來。媽媽說菖蒲葉似劍，可以斬千邪，把不祥和瘟疫驅去，所以她便在門框上插上幾枝菖蒲。她又會用雄黃酒，在我們額上、耳邊點點，甚至在哥哥和弟弟額上寫個王字（王字代表老虎），說可以避疫驅邪。又用少許花布，放入香草、雄黃、硃砂，製成葫蘆形或者小枕頭形的香囊，下面還繫著五彩的流蘇，給我們掛在胸前，以驅除蚊蠅。其實，這些民間智慧也有科學根據，因為香味可以驅蚊；硃砂、雄黃都是可以殺菌的。

當然，我們最渴望的端午節目就是包粽子。媽媽早前就把買餸時小販用來包紮的鹹水草貯下來，又把去年用過後洗淨曬乾的粽葉取出，浸在水裏。跟著就浸糯米、紅豆、綠豆和花生。又把鹹蛋切成一塊塊，把肥豬肉用五香粉醃好。一切停當後，大家就圍坐包粽子。我們小孩子也學著做。先把兩塊粽葉疊起，摺成角狀，放入糯米、綠豆、花生、豬肉、鹹蛋，再薄薄的鋪上一層糯米，用第三塊粽葉封口，把三塊粽葉摺疊起來，用鹹水草綁好，一隻粽子就成功了。說來容易，但包得像媽媽媽那麼漂亮紮實的，是很考功夫的。

我們包的粽子有三類：兩種是鹹的，就是綠豆粽和花生粽，裏邊有糯米、綠豆、花生、鹹蛋和肥豬肉；另一種是甜的，叫鹼水粽，是用鹼水醃過糯米，中間放入紅豆沙包成。粽子包好了，用一個大鍋子載著，煮幾個鐘頭。那粽葉的清香，和那糯米綠豆的香氣，氤氳著整個屋子，我們的涎沫都流出來了。

那時的香港已有龍舟競渡的舉行。到六十年代中期還有洋人參與。但距離我們家最近的賽場是香港仔，要去觀看就要乘車搭船，一家六口費用不菲，所以爸爸始終沒有帶我們去看。那鑼鼓喧天，旌旗飄揚的熱鬧場面就只可在腦海中想像了。（那時還沒有電視直播）但父親曾經帶我們到荔枝角泳棚（現在的美孚新邨附近）游龍舟水。端午那天，海灘都擠滿了人，海中也有不少人載浮載沉。因為他們都說游龍舟水可以去病辟邪，帶來全年好運，所以泳客便擠滿了海面。

**中秋節**來得更是有聲有色。紙紮鋪老早掛起了各式各款的彩燈：有楊桃燈、白兔燈、金魚燈、火箭燈、走馬燈等等，色彩豐富鮮艷，在燈光下閃爍生輝。

餅店和酒樓門前也掛起了賣月餅的廣告大花牌，特別是龍鳳酒樓和瓊華酒樓掛起的大花牌，高約兩三層樓。兩

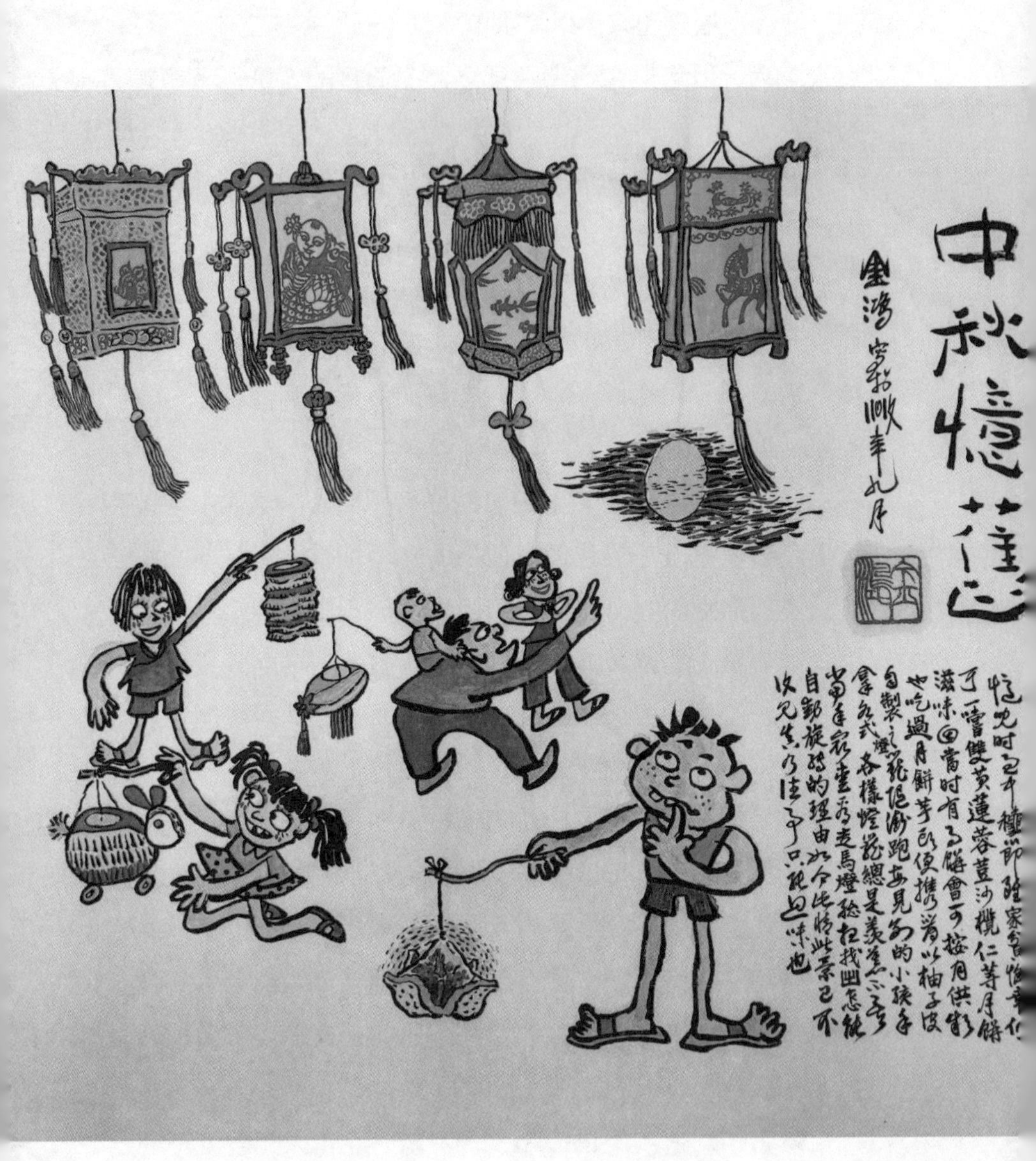
中秋憶舊
金鴻

間酒樓在彌敦道對街而立，雙方賣月牌的大花牌便爭研鬥麗，各出奇招。他們不單只在色彩和燈光方面比拼，還在畫意方面創新。花牌上不單只有嫦娥奔月的傳統畫面，還有登陸太空的景象，更多是諷刺時事的作品。引得熙來攘往的路人舉頭細賞，評頭品足。餅店櫃上掛滿了七彩的豬仔餅和月光餅，櫃後堆滿了一盒盒的各式月餅，任君選擇。

那時，吃一塊香甜的月餅也是小孩子們的期盼。可是等到媽媽拿了一紙手抽的月餅回來，除去送給親朋長輩，剩下來的也不多了。當時一般人家月薪只不過是一百幾十塊錢，不能一次過拿這麼多錢去買月餅，所以便有供月餅會的興起。供月餅會這事兒可能是香港獨有的吧。你可供一份或半份。半份每月供二元五角，全份每月供五元，供滿十二個月，到明年中秋就可以到餅家拿六盒或十二盒的月餅回家。有些餅家還會在你開始供月餅會時即時送你一盒雙黃蓮蓉月回家過節，以此招徠客人。

**中秋憶舊**

憶兒時過中秋節，雖家貧，惟幸仍可一嚐雙黃蓮蓉、豆沙、欖仁等月餅滋味，因當時有月餅會可按月供款也。吃過月餅、芋頭，便携著以柚子皮自製之燈籠隨街跑！每見別的小孩手拿各式各樣燈籠，總是羡慕不已。當時最愛爲走馬燈，總想找出怎能自動旋轉的理由。如今此情此景已不復見，眞乃往事只能回味也。

那時的月餅會，除了有純正蓮蓉、單黃蓮蓉、雙黃蓮蓉、紅豆沙月、金華火腿月、五仁月餅之外，還會加送兩個豬仔餅。豬仔餅就是一隻小小的的豬形餅塊，放在一個精緻的小小塑料豬籠裏，豬籠外以七彩的紙花裝飾，十分美麗。豬仔餅又可以吃又可以作玩具，所以便常常成為我們幾兄弟姊妹爭執的因由。月光餅也是我們小孩喜愛的，是一個六吋左右的扁平長方形紙盒，蓋子是透明玻璃的，可以看到裏面的餅塊，四周襯滿五光十色的紙花，很是吸引。

中秋節那晚，月光又大又圓。吃過菜餚豐富的節飯，媽媽便在門外擺出一張小桌子，上面放著月餅、香茶、葡萄、柚子、柿子、水晶梨、芋頭和菱角，準備拜月光。小孩子們就提著燈籠到村前的空地或小公園玩耍。買不起紙紮鋪紮作燈籠的小孩，都會自家動手製造。他們會在柚子皮上開些小窗，用繩子把它吊在小竹竿上，在裏面點上蠟燭，就成為一盞別緻的柚子燈了。柚子燈不怕被蠟燭燒毀，除了能從小洞中透出搖晃的燭光外，由於燭火的燒炙，還會發出一陣陣柚子的香氣。有時把七喜汽水的塑料瓶中間剪開，四邊鑽四個小洞，用繩子吊在小竹竿上，點上蠟燭，也會成為一盞綠熒熒的彩燈。還有用月餅盒製成的燈籠呢。孩子們提著燈籠，在空地上穿梭來往，嬉笑玩耍，樂不可支。

大人們就圍坐桌旁，細細咀嚼著一角甘香的五仁月餅，啜著香茗。在明亮的月光下閒話家常。看著繞膝的兒孫，心中有種踏踏實實的喜悅，一時間，把為家庭打拼的艱苦辛勞都忘卻了。中秋賞月就成為當年人間歲月靜好的一幅圖畫。

# 四十二　寒冬聖誕

一九六〇年以前，香港的聖誕節並不熱鬧。沒有滿街高聲叫賣聖誕物品的攤販，沒有白鬍子的聖誕老人逡巡在佈置得五光十色的商場，沒有維多利亞港兩岸璀璨的燈飾。當年一般市民尚未有慶祝聖誕的文化，只在少數有宗教背景或西化的有錢人家庭或洋人家庭中有聖誕裝飾。一般小市民，只會在百貨公司的櫥窗佈置裏獲悉聖誕節的來臨。

當我是小學生時，聖誕節來臨時行經彌敦道，常常在大百貨公司前駐足。呆望著櫥窗裏的聖誕裝飾。那裏有翠綠的聖誕樹，樹上綴滿閃爍生輝的彩燈，掛滿七彩玻璃的小飾物——小鈴噹、星星、圓球、小屋、小馬、小鹿、雪花等等。彩燈的顏色不停的轉換，各種玻璃小玩意也隨著不停的變色，圍著櫥窗觀看的途人臉上也變換著色彩，人間就好像有了豐富的喜慶色調。櫥窗裏的聖誕老人駕著馴鹿，笑呵呵的。鹿車後面堆滿禮物。我就像安徒生筆下賣火柴的小女孩一般，注視著櫥窗，只有羨慕的份兒。只理解到這是遠方國度的神話，難道聖誕老人會送禮物給我們這些窮家的小孩嗎？不過，這色彩繽紛的夢幻世界，確實為寒冬四周陰沉灰暗的環境增添了不少生氣和色彩。

我收到的第一份聖誕禮物，是讀六年級時爸爸送的一件小玩意。那是一個約三四吋的半球型玩具，有透明的小罩子罩著，裏面有一個笑呵呵的小聖誕老人，駕著堆滿禮物的鹿車在奔馳。罩裏充滿液體，地上堆滿雪花。最神奇的是：只要你把它輕輕搖晃，那雪花便會漫天飛舞，然後慢慢的飄落地上。我喜歡極了，睡覺時也要把它放在枕頭下，輕輕搖幾下，看著雪花飛舞、飄落，才甜甜的進入夢鄉。

那時候，我們又流行買聖誕卡送給老師。把不多的零用錢儲起來，買張漂亮的聖誕卡，有的打開卡時還會播首聖誕歌的。我們還會花一角幾分買一小筒金粉銀粉，輕輕的黏灑在聖誕卡上。越喜歡的老師金粉灑得越厚，代表心意越重，希望她喜愛、珍惜。

到了一九六五年，香港開始有大型的聖誕燈飾。首先是置地公司在中環張燈結綵慶祝聖誕，跟著幾年，大型燈飾慢慢增多了。我們也會興高采烈的跟著爸爸或和小友人結伴去看燈飾。到了一九六九年十二月第一屆香港節舉辦時，中環一帶已有大面積的聖誕燈飾佈置，閃爍輝煌。後來燈飾遍及九龍的尖沙咀海旁，我們就和最知心的幾個同學結伴而遊了。那時，教會的詩班也走上街頭，手持蠟燭，高唱頌歌，「平安夜，聖善夜，萬暗中，光華射，照著聖母也照著聖嬰，多少慈祥也多少天真……」向人們報告救主降臨的喜訊。歡樂悅耳的歌聲唱暖了寒夜的街頭。

少年的我，也曾參加教會的詩班。聖誕夜的報佳音，也是我們十分期盼的活動。一群青少年，冒著寒風，在街上穿插，向世人宣告救主降生的消息，覺得十分有意義，也十分開心。有時還穿上詩班的白袍，手持蠟燭，走在路上，就像一群天使。報佳音的最後一站必然是到牧師的家裏。在牧師的樓下高唱聖誕歌，然後高聲喊道:「祝X牧師、X師母聖誕快樂！」牧師便會開門迎迓。在燈光明亮的客廳裏，師母早為我們準備了熱騰騰的紅豆沙，和滿桌子的蛋糕、餅乾。寒冷的天氣中胃口特別的好，大家開懷吃著、笑著、嚷著、唱著，熱熱鬧鬧的度過一個聖誕夜。

後來，隨著香港經濟的好轉，人們生活寬裕了，吃聖誕大餐，送聖誕禮物慢慢流行，年青人之間也開始舉辦歡慶聖誕的舞會了。有些家居寬敞的小伙子，便約同友人，早早在家中掛上氣球彩帶，搞好音響設備，把客廳佈置好，在聖誕夜迎來一群群年青男女，舉辦浪漫的舞會。

如今，滿街色彩繽紛的燈飾，商場裏五光十色的聖誕佈置，穿梭其中的白鬍子聖誕老人，寒夜中的報佳音，擺賣聖誕物品的攤檔，在天主教堂和基督教會中舉辦的莊嚴子夜彌撒，構成了香港獨特的聖誕慶祝文化。維多利亞海港兩岸的聖誕燈飾閃爍輝煌，璀燦奪目，更使世界驚艷。

# 四十三　爆竹喧天的農曆新年

那時候，相比起聖誕節，**農曆新年**就熱鬧多了。剛進入農曆十二月，大街小巷便充滿了新年的色香味。「色」——就是家家戶戶大掃除，貼上大紅的揮春，擺好七彩的全盒，供養翠綠的水仙，放好黃澄澄的柑橘，都是喜氣洋洋的顏色。「香」便是炸油角、炸煎堆、蒸年糕飄來的香氣。「味」就是吊起的臘肉、臘腸和臘鴨，準備團年飯的炆鴨、蒸雞、炆冬菇、燒肉的美味。除此之外，年還有「聲」呢！是「啪啪啪」做炒米餅的聲音，是「咚咚咚」街頭巷尾不時響起練習獅舞的鑼鼓聲，是「霹靂啪啦」的爆竹聲，是收音機播出賀年歌曲的歡樂聲音。

母親到了臘月（農曆十二月）可忙著呢！首先，她會到肉檔買來十多條豬腩肉和土鯪魚回家。豬肉用醬油、汾酒醃著。土鯪魚剖刮乾淨，用麵豉醬、細蝦米、香橙皮粒和青蔥粒抹勻。趁著北風乾爽，陽光朗照，把它們掛在小露台的曬衣竹上。任由那些魚呀、肉呀在北風中團團轉，散發出一種誘人的肉香。這便是我們整個正月（農曆一月）的好餸菜了。

跟著便是蒸年糕和炸油角。媽媽蒸的年糕有蘿蔔糕、芋頭糕和黃糖年糕三種。我們也常常幫媽媽刨蘿蔔絲。媽媽買的蘿蔔又大又重，弄得我們手臂酸痛。蘿蔔糕、芋頭糕常常加上一些臘肉碎和小蝦米，味道可香了。蒸年糕的時候，要花上幾柱香的時間。一時之間，廚房水氣氤氳，香氣四溢。但我們仍然是可以分辨出黃糖年糕的甜香，蘿蔔糕的臘肉和蘿蔔的清香，芋頭糕的厚重粉香。

炸油角也是好玩的事。媽媽教我們做油角，有酥角和豆沙角兩種。捏油角可是一種考功夫的事。餡兒下得多了，角子便會「爆肚」。下得少了，皮太厚又不好吃。修角子邊的時候還要捏得均勻好看。我們偷偷的用麵粉捏了幾個小鵝，看著它們在油鍋上游弋，慢慢由白色變成金黃。媽媽看到也沒有阻止。剛炸好的油角鬆脆好吃，跟現在在超級市場一袋袋擺賣的那種，味道完全是兩回事。就是吃個新鮮的好滋味嘛。

臘月二十四日，是送灶君上天的大日子。媽媽說灶君上天會向天帝匯報這家人一年的行事。好事做多了便會有福報，做了壞事便會降禍。所以要好好恭送灶君上天，讓他多說好話。媽媽在灶頭擺了一碗湯圓，一塊肥豬肉和幾碟果子。請灶君吃湯圓，用肥豬肉抹抹灶君畫像的嘴巴，希望他口甜舌滑，上天多說我家的好話。唉！天上可有廉政公署？這不是明明白白的賄賂官員嗎！

年廿八，洗邋遢。媽媽便帶著我們一家，把不要的舊東西，如舊報紙、塵封的紙袋、雜物等清理。然後抹窗、抹灶、抹玻璃，洗地抹地，清理桌椅，打掃乾淨，之後便擺出裝滿各種賀年糖果的全盒，和一盤黃澄澄的四季桔，插上幾支劍蘭和菊花，貼上紅彤彤的揮春，家中便氣象一新，連空氣也變得清新可喜了！

家家戶戶送了灶君上天之後，「行花市」是大家喜愛的節目。花市裏，除了一盤盤金黃的桔子，艷麗的桃花之外，還有劍蘭、水仙、蘭花、玫瑰等各種花兒，各顯美姿。還有果子奇特的「五代同堂」和寓意吉祥「有銀有樓」的銀柳。此外，還有一些賣利是封、揮春、花籃、風車、氣球、金豬錢罌等等賀年用品的小攤檔。小孩子就最喜歡圍著那七彩氣球的攤子團團轉，我們苦苦央求爸媽給我們每人買一個，美麗的氣球飄浮在半空中，我們把氣球牢牢握在手中，便像擁有了全世界，心滿意足的離開。

團年飯是過年最重要的一個節目。為了這頓飯媽媽往往忙上好幾天：浸冬菇蠔豉髮菜啦，到市場宰雞殺鴨啦，買鮮魚和臘味等等。吃飯的時候，每道菜式都有個吉祥的名稱，例如「好市發財」就是蠔豉冬菇炆髮菜；「橫財就手」就是紅燒豬蹄；「年年有餘」就是煎釀土鯪魚，「紅皮赤壯」就是燒肉，「家肥屋潤」就是蒸臘味等等。奇怪的是：無論有多少餸菜，媽媽都會擺上三個小碟。一碟是鹹魚，一碟是臘腸，一碟是韭菜，要我們每個小孩都嚐一點。她說是希望我們「鹹魚青菜飯久長」，永遠不愁衣食。這真是作為一個母親的最卑微真摯的心願。

團年飯不單止是一家人的團聚日，我們還會邀請孤身

↑爆竹喧天的農曆新年

在港的親友到來。（他們有的妻子仍未來港，有的仍未婚娶。）為的是避免他們「每逢佳節倍思親」。爸爸拿著一瓶竹葉青勸酒，連連說：「不醉無歸！不醉無歸！」大人們都說著鄉間親友的舊事，有歡笑亦有感慨。大家都藉著這團圓的一夜，抒發思念鄉親父老的愁緒。這都是當年離鄉別井一輩的心事。

六十年代還未禁止燃放爆竹。一到農曆年新舊交替的時分，家家戶戶都燃放爆竹送舊年。霹靂啪啦的爆竹聲，絲絲絲的放煙花聲，排山倒海的掩來，如轟雷，如海浪，如驚濤，連綿不絕，響徹一夜。膽大的男孩子，用「煙仔嘜」（當年盛載香煙的小圓罐）蓋住爆竹，燃點時，「煙仔嘜」被炸上半天。掉下來的時候，大家爭相走避，喧嘩歡笑。女孩子們就拿著「滴滴金」，走到巷子的暗角燃點，一圈圈地揮舞，散落四周的星星點點金光，璀璨美麗，蘊藏著女孩童年美麗的夢想。

拜年也是新年的重要事項。除了初三「赤口」爸爸說不宜拜年之外，一直到年初七我們都在街上轉。逐家逐戶的到長輩處拜年。媽媽買的禮物有時是一包橙或者一包蘋果，包好後加上一張紅紙；隆重的就送個果籃。或者是一盒克力架梳打餅，或者是一盒紅孩兒拖肥糖。記得有一年，媽媽收到別人送的新年禮物是一盒紅孩兒拖肥糖，她十分高興。當我們把糖果分享完後，她就把那個方形的小盒子作為自己的夾萬，因為那小盒子是有鎖可以鎖上的。小夾萬陪伴了她十多年，盛載著存摺及全家的重要證件。

街上真是熱鬧，雖然很多店鋪都休歇了，但路上行人如鯽，絡繹不絕。大家都打扮整齊，就算平日作泥頭工的，今天也穿上那唯一的「單吊西」（西裝），打上領呔，從頭到腳，煥然一新。師奶們都穿上她們最光鮮的套裝，或是富有民族色彩的織錦棉襖。小孩子們個個穿上新衣。女孩子頭上戴上蝴蝶結，當時最流行用薄海綿剪成彩色蝴蝶，上面還灑上七彩的珠片，現在看來，「老土」得可愛。有的男孩子頭髮吹了個「波」，有些還帶上卜帽，穿上小小的長衫馬褂，好像一個小學究，十分惹笑。

街上的商店高高掛起長長的爆竹串，燃點起來，驚天動地，好幾分鐘才燒完。小男孩就在爆竹碎屑中撿拾掉下的尚未爆放的小爆竹去玩耍。在「大頭佛」的引導下，舞獅隊鑼鼓喧天，在爆竹的綻放下騰飛起舞。滿地爆竹的紅屑，舞獅採青的鑼鼓聲，一張張人們的笑臉，匯成歡樂的海洋。

新年的熱鬧，一直延續到年初七「人日」，吃過人日的及第粥為止。拜年由輩份最高的長輩開始，漸次到平輩，最後是爸媽的朋友。拜年是我們小孩子最高興的事，不但有機會穿新衣新鞋，收到大把大把的糖果，一封一封的利是，還有一句句長輩讚美、祝福、鼓勵我們的說話。

所以，往往這個新年還未過完，我們就期盼著下一個新年了！

# 四十四　香港節和工展會

一九六九年十二月八日，香港的街頭突然出現了一個個橙色圓球狀的標誌，醒目耀眼。對了，那就是香港節的符號！跟著，短短幾個星期內，政府舉辦了幾百種活動，有：花車巡行、香港小姐競選、嘉年華會、新潮舞會、藝術展覽、時裝表演、遊藝晚會、環島步行比賽、獨木舟競賽、中學田徑運動會、童軍營火晚會、兒童美術展覽、柔道及拳術比賽等等。連監獄中的囚犯也有遊藝晚會的舉行。這場香港節的活動，惠及香港社會各個階層，由普羅大眾到知識分子，由小學至中學，由兒童至青年，由靜態至動態。這就是獨特的只屬於香港的「香港節」。

為什麼會有香港節的舉辦呢？原因起於一九六六年天星碼頭加價引起的一場社會騷動，然後是一九六七年左派引發的工潮和示威，後來演變成一場暴動，造成了社會的動蕩和不安。（猶記得當時遍地都是土製菠蘿——自製炸彈，造成了過百人的死傷，警察用暴力鎮壓。那時為了避免危險，爸爸也不許我們上學。）

香港政府在平息暴亂後，在管治政策作了一番改革。亦為了疏導民怨和安撫民心，所以花了幾百萬元去舉辦香港節，製造歌舞昇平的氣氛，凝聚香港人的歸屬感。特別是舉辦了許多青少年的活動，以疏導他們的情緒。

當時，市面上是很熱鬧的。每個階層都可以參與適合他們口味的活動。記得爸爸媽媽帶著我們到彌敦道看花車巡行。當時真是萬人空巷，馬路兩旁擠迫得水洩不通。由於觀眾太多，我們小孩子只看到花車的頂端，聽到舞獅、舞龍喧天的鑼鼓聲。

好動的年青人可以參加政府舉辦的新潮舞會，記得有一場還在皇后碼頭舉行，吸引了不少青少年參加。

一九六九年之後，接著的一九七一年，一九七三年也有香港節的舉辦。但三屆之後，可能社會和諧的目的已有基礎，政府就停止舉辦了。

香港**工展會**也是歷史悠久，規模龐大，而且入場人數最多的一個戶外展銷嘉年華。目的是宣揚香港產品，推動香港的工業發展。直至今天，除了一些特殊的年頭，例如疫症要停止舉辦之外，仍然年年舉行，參展單位往往接近千個。

六十年代的我們，沒有海洋公園去遊覽，沒有迪士尼樂園去玩耍，也沒有煙花匯演去欣賞。所以，一年一度，展期近一個月的香港工展會，就成為市民一家大小的重要娛樂活動，家家拖兒帶女，到工展會逛去。

當我們穿著整齊，隨著爸媽進入工展會場時，恍如過節一般興奮。

工展會場佔地寬廣，通常在填海區的大片場地舉行，是一個大型戶外展銷會。主要是展覽及銷售香港工業產品，亦有海外及中國產品展覽。

當年，裏面有高高低低，設計迥異的幾百個會館。有傳統設計的，例如白花油攤位拔地而起的七層寶塔，斧標驅風油的虎塔，和其他會館的城樓和亭台樓閣；也有設計新穎的、科幻的，例如各大銀行的展館。還有非常親切的香港地道產品的各個展覽館，像星光實驗的紅A塑膠產品館，駱駝牌暖水壺，東藝宮燈，天廚味精，合興花生油，左顯記蠔油食品廠，同珍醬油公司，甄沾記椰子糖，均隆驅風油，鱷魚恤，利工民線衫，冠南華禮服館等等，館中展覽的都是日常生活常見的產品。還有各種美食小吃攤位，琳瑯滿目，望了東又望西，只苦了一對眼睛。

我最愛看每個攤位參加競選的工展小姐。她們高高的站在攤位內，穿著漂亮的衣飾，梳著時髦的髮型，身上斜搭著寫上名字的綵帶，化著靚麗的濃粧。個個漂亮得像電影裏的明星走了出來。她們都非常和藹可親的向著你微笑，面前就擺著她們的票箱，那溫柔的眼神像是對你說：「投我一票吧！請把手上的票投給我！」「工展小姐」的選舉可能是「香港小姐」競選的源起。

除了展館中陳展的各種新奇有趣的產品外，還有很多小吃攤子，和歌舞、粵曲、雜技、音樂等表演。當時，有很出名的明星及歌星蒞臨現場表演，也有聖誕老人派送禮物。有時還邀請學校的樂隊及合唱團到來演出。我

DANIA
SINGER
DUNLO
未有交通燈的日子
圭鴻
寫於二〇一六
香港

還記得口琴大師梁日昭先生曾帶著一隊中學生上台作口風琴表演。

我們逛了一整天，摸著吃得飽飽的肚子，捧著大包小包的食物、衣物、玩具、家庭用品等等走出會場。我和姐姐每人都提著一個小小的紙手抽：裏邊是媽媽最愛買的「一元五味」的調味品，有蠔油、豉油、麻油、茄汁、辣椒醬等五小瓶，只售一元。媽媽說很便宜，便買了兩袋。我們便快快樂樂的替媽媽提著小手抽，晃晃蕩蕩的回家，走著走著，童年就這樣的走過去了！

# 後記

歲月如飛，驀然回首，時光已過了大半個世紀。今天，我徜徉在香港的街道上。香港這個小島，大半世紀的變遷，與六、七十年代大大不同。我對香港的印象，既熟悉又陌生。如今，七八十層的高樓拔地而起，密密麻麻，重重疊疊，把天空切割成碎片。地鐵網絡四通八達，把新界香港九龍各地連接起來，交通便捷，時間節省了不少。（回想當年在新界廈村任教，交通不便，要宿住在元朗。現在只須搭一程地鐵，加上兩站輕鐵，就可以到達元朗的市中心——舊墟。）

但是，時間雖然節省了，在街頭，在地鐵站，川流不息的人們，雙腳卻是匆匆忙忙的。百分之九十的人都穿上波鞋，無論身上穿著西裝或是斯文的連衣裙，個個走難似的，彷彿都是過客心態，並沒有多少人能慢步從容地欣賞香港的美景。

當我坐在昂坪 360 的水晶吊車上，飽覽香港海光山色的空闊；或是在青馬大橋上，欣賞煙籠霧鎖下的蟹嶼螺洲，同時浮現腦海的，卻是許多友人們狹窄的居所。當我在「光漣展覽」中彩色大球的光與影中興高采烈地徘徊時，難以忘卻香港人受工作重壓，受「人力增值」影響下的疲憊臉孔。（一般來說，公司走了三人，老闆們就只會請回兩人，理由是請不到人或者節省開支）。

昔日的人情、氣味、慢節奏的生活中帶來的閒適都不見了。那腦海中絲絲縷縷的回憶，只可在舊區狹窄的街巷中尋覓，或者在街市（wet market）中找到：那剖開擺賣的鮮活魚兒，那雪白的躺在木板上的豆腐，那撈起時水聲淙淙的豆芽，那百味紛陳的雜貨店，那老太太和小販議價周旋的聲音……

還有的是，那香港特色的傾盆大雨：迅雷一咤，天地變色，嘩啦嘩啦……嘩啦嘩啦……瞬間路面出現一個個小水窪，無論黃雨紅雨，都是舊時模樣。

註：光漣展覽—藝術@維港2024展覽之一，添馬公園內展覽的二百多個巨形蛋狀物，會和觀眾互動變換顏色和音效。

2024年4月15日記於香港

# 作品目錄

**個人結集**

| 出版年份 | 作品名稱 | 出版社 |
|---|---|---|
| 1990 | 跳跳蹦蹦的日子 | 啟思兒童文化事業 |
| 1990 | 尋找螢火的日子 | 啟思兒童文化事業 |
| 1991 | 快活傳真機 | 啟思兒童文化事業 |
| 1991 | 神氣的豆豆 | 啟思兒童文化事業 |
| 1992 | 雪鄉假期 | 獲益出版事業有限公司 |
| 1992 | 得意東西話你知 | 獲益出版事業有限公司 |
| 1993 | 白雲鄉 | 啟思兒童文化事業 |
| 1993 | 哈囉 | 獲益出版事業有限公司 |
| 1994 | 茶煲勇士 | 山邊社 |
| 1995 | 時光倒流百萬年 | 新雅文化事業有限公司 |
| 1995 | 小作家訓練班 | 獲益出版事業有限公司 |
| 1996 | 天外小怪客 | 啟思兒童文化事業 |
| 1996 | 奇妙的聖誕節 | 啟思兒童文化事業 |
| 1996 | 零用錢 | 啟思兒童文化事業 |
| 1998 | 美麗的一九九三 | 遼寧少年兒童出版社 |
| 1999 | 變變變小魚國 | 啟思兒童文化事業 |
| 2005 | 流星的女兒 | 獲益出版事業有限公司 |
| 2013 | 火星人的樂土 | 新雅文化事業有限公司 |

| | | |
|---|---|---|
| 2015 | 土撥鼠的啟示 | 加拿大中僑互助會 |
| 2015 | 問題爸爸 VS 問題兒童 | 新雅文化事業有限公司 |
| 2017 | 做個魅力加國人 | 加拿大中僑互助會 |

## 合集

| 出版年份 | 作品名稱 | 出版社 |
|---|---|---|
| 1989 | 尋找「時間」的芝芝 | 市政局公共圖書館 |
| 1990 | 最誠心的禱告 | 市政局公共圖書館 |
| 1991 | 寶貝班長 | 童樂出版社 |
| 1991 | 故事王國 | 號外兒童周刊 |
| 1991 | 機械王國 | 啟思兒童文化事業 |
| 1991 | 筷子的煩惱 | 童樂出版社 |
| 1992 | 沒有見過面的朋友 | 市政局公共圖書館 |
| 1992 | 我的第一次 | 獲益出版事業有限公司 |
| 1992 | 明天會更好 | 啓思兒童文化事業 |
| 1992 | 美麗的香港 | 獲益出版事業有限公司 |
| 1993 | 美麗的世界 | 獲益出版事業有限公司 |
| 1994 | 哭泣的椰樹 | 市政局公共圖書館 |
| 1994 | 不回家的晚上 | 啟思兒童文化事業 |
| 1994 | 童年 | 獲益出版事業有限公司 |
| 1994 | 兒童文學卷 | 長江文藝出版社 |
| 1995 | 一對活寶貝 | 啟思兒童文化事業 |

| | | |
|---|---|---|
| 1996 | 大自然的反擊 | 山邊社 |
| 1996 | 親親故事 | 新雅文化事業有限公司 |
| 1999 | 楓華文集 | 加拿大華裔作家協會 |
| 2000 | 香港兒童文學 30 家 | 獲益出版事業有限公司 |
| 2000 | 聖誕老人頭痛了（日文） | 日中兒童文學交流會 |
| 2001 | 21 世紀的禮物 | 香港兒童文藝協會 |
| 2003 | 白雪紅楓 | 加拿大華裔作家協會 |
| 2006 | 楓雪篇 | 加拿大華裔作家協會 |
| 2006 | 那些溫馨的日子 | 獲益出版事業有限公司 |
| 2006 | 事情理 | 創意聯出版社 |
| 2009 | 漂鳥 | 台灣商務印書局 |
| 2009 | 楓雨同路 | 加拿大華裔作家協會 |
| 2009 | 水上人家 | 台灣聯經出版社 |
| 2010 | 流星的女兒 | 台灣聯經出版社 |
| 2011 | 候鳥急症室 | 香港公共圖書館 |
| 2011 | 寫給大小朋友的故事 | 獲益出版事業有限公司 |
| 2013 | 楓景這邊獨好 | 加拿大華裔作家協會 |
| 2014 | 楓姿綽約 | 加拿大華裔作家協會 |
| 2016 | 楓雨同路（韓文版） | 加拿大華裔作家協會 |
| 2019 | 甜心爺爺 | 香港公共圖書館 |
| 2021 | 香港百人童年 | 香港兒童文藝協會 |
| 2024 | 當代加華詩選 | 加拿大華裔作家協會 |

# 鳴謝

本書得以順利完成，感謝吳金鴻先生別具特色的插畫，使本書更有懷舊氣氛。感謝阿濃先生和梁麗芳女士作序，給予本書高度的評價。感謝岑維煊先生為本書圖象作精準的攝影，使插圖更清晰美觀。最後，感謝初文出版社的鼎力協助，使本書能順利出版。

# 童眼舊香江

作　　者：陳華英
責任編輯：黎漢傑
編輯助理：黃晚鳳
封面設計：V. N.
圖象攝影：岑維煊
插　　畫：吳金鴻
法律顧問：陳煦堂　律師

出　　版：初文出版社有限公司
電郵：manuscriptpublish@gmail.com

印　　刷：陽光印刷製本廠

發　　行：香港聯合書刊物流有限公司
香港新界荃灣德士古道 220-248 號
荃灣工業中心 16 樓
電話 (852) 2150-2100 傳真 (852) 2407-3062

海外總經銷：貿騰發賣股份有限公司
電話：886-2-82275988 傳真：886-2-82275989
網址：www.namode.com

版　　次：2024 年 7 月初版
國際書號：978-988-70534-8-4
定　　價：港幣 98 元　新臺幣 360 元

Published and printed in Hong Kong

香港印刷及出版